契約結婚した途端夫が甘々になりましたが、推し活がしたいので要りません！

月神サキ
Saki Tsukigami Presents

fairy kiss

この作品はフィクションです。
実際の人物・団体・事件などに一切関係ありません。

契約結婚した途端夫が甘々になりましたが、
推し活がしたいので要りません！

fairy kiss

序章　婚約破棄は突然に

「私はこの女、エリザ・マリオネット公爵令嬢との婚約を破棄する！」

国を代表する公爵家のひとつ、ローラン邸の大広間で開かれた夜会。

その最中《さなか》、まるで自分が全て正しいかのように告げたのは、私――エリザ・マリオネットの婚約者であるベナルド・ローラン公爵令息だった。

長い巻き毛の金髪が特徴の彼とは、父の勧めで私が十五歳の頃に婚約した間柄だ。

正直彼のことは好きではないけど、仲自体は良くもなく悪くもなくといったところ。

だから、何事もなければいつかは彼に嫁ぐことになったのだろうけれど、まさかこんなエンディングが用意されているとは思いもよらなかった。

「婚約破棄、ね」

小さく呟《つぶや》き、周囲を見回す。

先ほどまで大広間で談笑し、ダンスを楽しんでいた参加者たちが、今は息を詰めてことの成り行きを見守っている。

私とベナルドに降り注ぐ視線は、面白い出し物を見つけたかのように輝いていて、明日からの社交界での話題は、間違いなく彼の言い出した『婚約破棄』になるのだろうなと確信できた。

「……」

目の前に立つベナルドを見つめる。彼は見たことのない女性を側《そば》に置いていた。

可愛《かわい》らしい人だ。彼女は戸惑っている様子だったが、その顔にはどこか期待が見て取れた。

平民の娘かと思ったが、もしかするとどこかの下級貴族の娘なのかもしれない。

「……理由をお聞きしても？」

いつの間にか静まり返った大広間に大声を出したわけでもない私の声はよく響いた。

ベナルドは隣に佇《たたず》む女性の腰を引き寄せ、口を開く。

「決まっている！　お前が私の花嫁に相応《ふさわ》しくないからだ。いつもいつも読書ばかりで私に興味を抱かず、話すらまともに聞かない、そんなお前を愛することなどできるはずがないだろう！」

「まあ」

「お前とは違い、カノンは私だけを見てくれる。話を聞いてくれる。私はお前とは結婚しない。彼女と結婚するんだ！」

「……なるほど」

パチン、と持っていた扇を閉じる。

ベナルドの言いたいことはよく分かった。

彼は愛のない私との結婚が嫌だと、そう言いたいのだ。

とはいえ、私の方も言わせてもらいたいのだけれど。

確かに私はベナルドの言う通り、彼と会っていても読書三昧だった。だが、それがどうしてなのか少しは考えてもらいたいものだ。

彼はいつも自分の話と人の悪口しか言わなかった。

自分が如何《いか》に優れているか、どんなに素晴らしいのか、そして噂《うわさ》でしか知らないような人の悪口をまるで自分が見てきたかのように語るのだ。しかも何度でも同じ話をする。

三度までは私もなんとか我慢したが、さすがに五度以上ともなれば聞く気も失《う》せる。

それが他人の悪口ともなればなおさらだ。

だから聞きたくないというアピールも兼ねて読書をしていたのだけれど、どうやら彼はそれが気に入らなかったらしい。

「なるほど」

もう一度、同じ言葉を繰り返す。

尊敬できない男でも親から与えられた婚約者。時が来れば大人しく嫁ぐ気でいたが、幸いにも解放されるチャンスが来たらしい。

先ほどとは違う意味で、周囲に目を配る。

ベナルドの両親は席を外しているようだ。おそらく、ベナルドがそういう時間帯を狙ったのだろう。何せ、彼らがここにいれば息子の暴挙を許すはずがないから。

ベナルド公爵夫妻が私に息子の舵《かじ》取りを望んでいたことは知っている。

いないうちに全てを片付けてしまおうと考えたベナルドには呆《あき》れるばかりだが、今回に限っては有り難い話なのでよくやったと言いたいところだ。

視線を上げ、ベナルドを真《ま》っ直《す》ぐに見つめる。

婚約者の屋敷で行われる夜会。当然、私も盛装で訪れた。この日のために誂《あつら》えたドレスは、一応婚約者を意識した色であったけれども、どうやらそんな気遣いは不必要だったようだ。

しゃんと背筋を伸ばし、はっきりと告げた。

「――ええ、構いませんわ」

「え……？」

迷いなく述べた、婚約破棄を受け入れる言葉に、言い出しっぺのはずのベナルドが何故《なぜ》か目を丸くさせた。

そんな彼に微笑《ほほえ》みながらもう一度告げる。

「承知致しましたと言ったのです。私とあなたの婚約関係は、これをもって白紙に。後ほどで結構ですので、正式な書面を送って下さいませ。両親には私から報告しておきます」

今夜、うちの両親は来ていない。

婚約破棄されたことを知れば驚き怒るだろうが、私が悲しんでいないことを知れば矛を収めてくれると思う。

「おま……お前、自分が何を言っているのか分かっているのか？」

何故か、ベナルドが信じられないという顔をして言ってきた。小首を傾《かし》げる。

「？　ええ、もちろん。あなたは私との婚約を破棄したいと言い、私はそれを受け入れた。それだけの話でしょう？」

どうしても声が弾んでしまう。

好感を抱けなかった男がわざわざ婚約破棄を申し出てくれたのだ。乗れるのなら全力で乗っていきたいところ。

笑みを浮かべる私を見たベナルドがワナワナと震え出した。

「それだけのこと？」

「ええ」

「お前は私に捨てられたのだぞ？　大勢の前で捨てられた哀れな女。それがお前だ。どうか捨てないで下さい、心を入れ替えますと縋《すが》ってくるのが当然ではないのか？」

「ふふっ、まさか」

あり得ない。

軽く笑い飛ばすと、ベナルドはカッと目を見開いた。その目は深い怒りを宿しており、ああ、ぶたれるくらいはするのかなと他人事《ひとごと》のように思う。

カツカツと靴音を立て、ベナルドがこちらに近づいてくる。彼の隣にいた女性は口元に笑みを浮かべており、これから私がどうなるのか楽しくて仕方のない様子だった。

「……」

逃げようとは思わなかった。逃げるのはまるで自分が負けたように思えるし、みっともないから。

それに私は何も悪いことをしていない。

婚約を破棄したいというから頷《うなず》いただけ。あくまでもベナルドの希望に添っただけの話だ。

そんな私を殴りたいのなら、好きにすればいい。

目撃者は大勢いる。きっと噂は瞬く間に広まるだろう。

こちらにやってくるベナルドから視線を逸《そ》らさず、その場に留《とど》まる。

扇を開き、艶然と笑ってみせたその時だった。

「それなら、オレが彼女を貰《もら》い受けようか」

酷《ひど》く涼やかな第三者の声がした。

「えっ……」

突如として聞こえた声に、私もベナルドも動きを止める。

思わず、声が聞こえた方向に顔を向けた。

「……あ」

そこにいたのはひとりの男性だった。

白と見紛《みまが》いそうな髪色は綺麗《きれい》な銀色。それがシャンデリアの光に当たり、キラキラと輝いている。

まるで夜空に輝く星のようだ。

目は寒い冬の朝を思い起こさせる青。その瞳は涼やかで透明感があり、何もかも見透かされてしまいそうな力に満ち溢《あふ》れている。

整った顔立ちはすっきりとして男らしく、細身の身体《からだ》は、立ち姿がハッとするほど美しい。

黒の夜会服を着ていたが、まるで夜を支配しているかのようによく似合っていた。

笑みを浮かべた姿は堂々と気高く、彼が非常にプライドの高い人物であることが分かる。

一見高慢のようにも見える雰囲気に魅入られ、ついじっと見つめてしまった。

彼はいつの間にか野次馬根性で集まっていた夜会の参加者たちとは違い、少し離れた場所にいた。

中身の入ったワイングラスを持っていたが、私たちの視線に気づくと小さく笑い、グラスを近くのテーブルに置いた。

ゆったりとした動作で、こちらへと向かってくる。

そんな彼が誰なのか、私を含め、この場にいる全員が知っていた。

彼は屋敷の主であるローラン公爵の招待に応じ、この夜会にゲストとして参加していた我が国の第二王子。

その名をエミリオ・リザーモンドという。

美しい外見とその立場から、リザーモンド王国社交界で大人気の王子。

彼自身はあまり女性に興味がないようで、令嬢たちの猛烈なアピールを歯牙にもかけないが、それがまたモテる要因となっているらしい。

つれないからこそ落としたい。そう思う女性は少なくないとの話だ。

来ていることはもちろん知っていたが、彼は先ほどから招待主である公爵と一緒に席を外しており、この場にはいなかったはず。

それがどうしてこんなところに、まるで全部の話を聞いていたかのような顔でこちらにやってきているのだ。

「あ……」

「邪魔だ」

短く告げられた言葉を聞き、私たちを取り囲むように集まっていた参加者たちが、飛び退くように道を譲る。

エミリオ王子はその場所を進んできた。歩く姿は威風堂々としており、王子としての風格が感じられる。

ベナルドが、意味が分からないという風に、彼の名前を口にした。

「エミリオ殿下……」

「全く、久しぶりに公爵の招待に応じてみれば、面白いことも起こるものだ」

名前を呼ばれたエミリオ王子がクックッと笑う。低く、だけども通りのいい声にゾクリとした。

「まさか公爵家の息子が、自身の家主催の夜会で婚約破棄を言い出すとはな」

「……」

「当然、ローラン公爵には了承を取った上での行動なのだろうな?」

「っ……!」

ベナルドの顔色が目に見えて変わった。

彼が両親や王子に見られていないところで全てを終わらせようとしていたことに、エミリオ王子は気づいているのだ。その上での言葉に、ベナルドはぶるぶると身体を震わせ始めた。

今更ながら、両親に何を言われるのか怖くなったらしい。

それくらいなら、最初から婚約破棄など言い出さなければよかったのに。

「――まあ、オレにとってはどうでもいい話だが」

心底呆れていると、エミリオ王子は何故かベナルドではなく私の方へとやってきた。

そうして再度、ベナルドへ告げる。

「確認しよう。お前は婚約破棄を求め、相手である彼女はその申し出を受け入れた。ふたりはすでに婚約関係にはない。そういうことだな？」

「え、いや、その――」

ハッとしたベナルドがエミリオ王子に向かって手を伸ばす。

それがまるで弁明するかのように見えたのだろう。エミリオ王子は眉を中央に寄せ、不快感を見せた。

そうすると、近寄りがたい雰囲気が滲《にじ》み出る。

「なんだ。何か言いたいことでもあるのか」

「い、いえ……」

「許す。言ってみるがいい」

エミリオ王子に気圧《けお》されたベナルドが黙り込む。逆にエミリオ王子は上機嫌だ。

「ん？　何もないのか？」

「は、はい……」

「そうか」

ベナルドの返事を聞いたエミリオ王子は、ふっと笑った。

「何も言い分はない。つまり先ほど確認したことは事実だということだ。そうだな？」

「……」

ベナルドは何も言わない。いや、言えないのだ。ただ俯《うつむ》き、肩を震わせていた。

エミリオ王子が嬉しげに手を叩《たた》く。そんな仕草まで嫌になるほどよく似合っていた。

「そうか。いや、よかった。では、彼女をオレが貰っても問題ないのだな。実はちょうど結婚相手を探しているところだったのだ。公爵家の令嬢なら、兄上も文句は言わないだろう」

その言葉にギョッとした。

――私を貰う？　本気で言ってるの？

もう、大混乱である。

確かに先ほど『オレが貰い受ける』的なことを言っていたのは聞いた。だけど、それが本気だなんて誰が思うのだ。

まともに思考が働かない。真意が読めず、エミリオ王子を凝視するしかなかったが、彼は私の視線を無視した。

口元に笑みを湛《たた》えたエミリオ王子は、ただ、ベナルドを見ていた。

私を貰い受けると告げるエミリオ王子に、ベナルドは顔色をますます蒼白《そうはく》にさせる。

自分のことなので私も何か言いたかったが、この状況下で口出しするなんてできるはずもないし、そもそも何を言ったらいいかも分からない。

これからの自分がどうなってしまうのか不安になっていると、ベナルドの連れてきた令嬢が、彼の腕を引っ張った。

「ね、ねえ……べ、ベナルド様……エミリオ殿下って」

「う、うるさいっ」

「きゃっ……！」

勢いよく手を振りほどかれた令嬢が小さく声を上げる。

令嬢は目を潤ませ「酷い……」とベナルドを睨《にら》んだ。

そんな彼を見たエミリオ王子が窘《たしな》めるように言う。

「婚約者を捨ててまで選んだ女を泣かせてどうする。ベナルド・ローラン公爵令息。さて、お前が気づいているかは知らないが、そこにお前の両親もいるぞ。せっかくだ、説明してみればどうだ。——私は婚約者の公爵令嬢を捨て、どこの誰とも分からない女を選びました、と。ふむ、ローラン公爵がどう答えるか見物だな」

「っ……！」

エミリオ王子の言葉を聞いたベナルドが、バッと大広間の入り口に顔を向ける。そこにはローラン公爵夫妻が立っていた。

その顔は青ざめており、彼らがすでに息子のやらかしを知っていることを示していた。

ベナルドが言い訳するように口を開く。

「ち、父上……」

「お前……なんということを……」

「ち、違うのです。私は悪くない。悪いのはエリザで……だからこうなるのも仕方のないことだったのです！」

焦りつつも自分の正当性を訴える息子をローラン公爵は思い切り怒鳴りつけた。

「この、大馬鹿者めが！」

「っ！」

怒りで肩を震わせながら、ローラン公爵が口を開く。

「私たちになんの相談もなく、公の場で勝手に婚約破棄を口にするとは、なんという愚かな真似《まね》をしてくれたのか。これでは婚約を受け入れてくれたマリオネット公爵にも申し訳が立たない。ああ、親として本当に恥ずかしい。殿下、そしてエリザ嬢、本当に息子が申し訳ありません。王家とマリオネット公爵家には明日にでも説明に参りますので、今はなにとぞ……」

「許す」

エミリオ王子が鷹揚《おうよう》に告げる。

「お前たちの息子の話はオレにとっても都合のいいものだったからな。多くは問わないでおいてやろう。だが、ソレが公爵家を継ぐというのなら、一から鍛え直した方がいいだろうな。一代で潰れるぞ」

「肝に銘じます」

公爵夫妻が顔を青ざめさせながらも頭を下げる。

ローラン公爵が息子に向かって鋭く命じた。

「エミリオ殿下の寛大なお心に感謝するのだな。ベナルド、来なさい」

「ち、父上……わ、私は」

「言い訳は聞きたくない。お前のしでかしを私たちは見ていたのだぞ。……全く、どうしてこのような愚かな男に育ったのか」

ローラン公爵がさっと片手を上げると、公爵家の私兵たちが後ろから姿を現した。

「息子を連れ出せ」

「はっ……！」

ローラン公爵の命に従い、兵士たちがベナルドを連れ出していく。ベナルドは必死に抵抗しながら叫んだ。

「くそっ、くそっ、くそっ！　私は悪くない、全部その女が悪いんだ！　そいつがちゃんと私を見てくれれば私だってこんな……クソ、そんな女が欲しければくれてやる！　すぐにお前だって思い知る。そいつが自分の好きな本だけ読んでいれば楽しい、こちらに興味なんて露ほども示さない冷酷女だってことを！」

「ベナルド！　いい加減にしろ！」

ローラン公爵が強く窘めるも、ベナルドの罵倒は止まない。兵士によりベナルドは大広間を連れ出されたが、ひとり取り残された令嬢が慌ててそのあとを追いかけていった。

ローラン公爵が皆に向かって頭を下げる。

「せっかくの夜会、愚息のせいで台無しにしてしまい、本当に申し訳ない。もし我々を慮《おもんぱか》っていただけるのならどうか今宵《こよい》のことは口外せず、皆の胸の内に収めていただけると有り難い。――それでは」

鋭い顔つきになったローラン公爵が大広間をあとにする。夫人も頭を下げ、すぐに夫を追った。

公爵一家の退場と共に、それまで口を閉ざしていた参加者たちがホッとしたようにざわざわとし始める。

今、自分たちは何を見たのか、何が起こったのか。話したくて仕方ないようで、かなりウズウズしていた。

だが、公爵という高い身分を持つ人に口止めされた手前、おおっぴらには騒げない。皆、気まずそうに各自帰り支度を始めた。

主催者がいなくなったのだ。それも当然と言えよう。

そんな中、私はひとり動けないでいた。

だって隣には、エミリオ王子がいる。

逃げるなと言わんばかりの圧を放つ我が国の第二王子が、私の隣にいるのだ。

――なんでこんなことになったの？

頭はまだ混乱している。

自分の置かれた状況が理解できない。

婚約者に婚約破棄を告げられ、これ幸いと同意したら、何故か第二王子が乱入してきたとか。

しかもその第二王子は、私のことを彼の代わりに貰い受けるとか言っているのだ。

これをあっさり理解できたら、その方がおかしいと思う。

何が起こっているのか、自問自答しても答えなんてあるはずもなく。

婚約破棄されて『ハイ、終わり』で済むはずだったのに、どうしてこんな事態になったのか。

現状を受け入れられない私に、エミリオ王子が鷹揚に話しかけてくる。

「さて、それでは我々も行くか。――エリザ・マリオネットと言ったか。先ほどの件で、お前には折り入って話がある」

先ほどの件とは、当然『オレが貰い受ける』という話のことだろう。

はっきり言って聞きたくない。だって関わりたくないのだ。

彼の目を見れば、私に恋愛感情がないのは一目瞭然。

それなのに、結婚話。しかも婚約破棄された直後に持ち出されたものとか、嫌な予感しかないではないか。

「……」

即答できなかった私に、エミリオ王子がもう一度聞いてくる。

「エリザ・マリオネット公爵令嬢。再度聞くぞ？　オレについてきてくれるな？」

拒否が許されない圧のある口調。それに気づき、私は泣く泣く同意した。

「……はい」

いくら公爵家の娘といえども、王族に逆らえるはずもない。

心の中で頭を抱える。

一体これから自分がどうなってしまうのか、今の私には皆目見当もつかなかった。

第一章　婚約破棄の次は契約結婚!?

「……」

ローラン公爵家の廊下を歩くエミリオ王子の後ろに続く。

一体どこに連れて行かれるのかと思ったが、彼が向かったのはすぐ隣にある部屋だった。

「入れ」

命じられ、部屋に入る。そこは身分の高い人用の客室となっており、ローラン公爵がエミリオ王子のために用意したのだと分かった。

部屋にあるソファやテーブル、飾られている絵画や壺《つぼ》、絨毯《じゅうたん》といった家具類を見ても、それは一目瞭然だ。

「適当に座ってくれ」

「は、はい……」

エミリオ王子が座ったのを確認してから、対面にあるソファに腰かける。エミリオ王子は優雅に足を組み、私に言った。

「まずは、そうだな。質問があるのなら受けつけるが」

「……質問と言いますか、先ほどの件についての殿下の真意をお聞かせいただければ」

混乱しきっていた思考は少し落ち着いたが、まだまだ本調子とは言えない。

だが、聞きたいことと言われたら、これ以外なかった。

どうして彼は『私を貰い受ける』なんて言い出したのだろう。その理由が知りたかった。

長々と話し込む気もなかったので単刀直入に尋ねると、彼は「そうだな」と鷹揚に頷いた。

「真意も何も言葉通りだ。結婚相手を探していたところに、ちょうど婚約破棄されたばかりの公爵令嬢がいた。だからオレが貰おうと思った。それだけのこと」

「……それだけって」

嘘《うそ》を吐《つ》いているようには見えなかったが、どうしても疑ってしまう。

だって――。

「社交界で絶大な人気を誇る殿下なら、どんなご令嬢でもよりどりみどり。そんなあなたが、夜会で婚約破棄されるような女をお求めになるとは思えませんが」

つまりはそういうことなのだ。

確かに私は公爵家の娘で身分は高いかもしれないが、対外的には婚約者に捨てられた女でしかない。そんな女と国の第二王子。釣り合いが取れているとはとてもではないが言えないだろう。

だがエミリオ王子は薄く笑って否定した。

「いや、それくらいがちょうどいい」

「……ちょうどいいとは？」

どういう意味だ。

怪訝《けげん》な顔をする私に、エミリオ王子は己の膝の上で手を組み、まるで取引でも申し出るように言った。

「オレと契約結婚をして欲しい。エリザ・マリオネット公爵令嬢」

「へっ……？」

——契約結婚？

全く予想もしていなかった言葉に目を丸くしていると、エミリオ王子は淡々と今の結論に至った経緯を話し始めた。余程、不満なのか眉が中央に寄っている。

すらりと伸びた形のいい眉なだけに、妙にそちらに視線が吸い寄せられてしまう。

「ことの始まりは、兄上だ。兄上が結婚しろと言い出した」

「はあ……」

ムスッとする彼にとりあえず相づちを打っておく。

彼が言う兄とは、我が国の第一王子かつ王太子であるヴィクトリ王子のこと。

ヴィクトリ王子は五年ほど前に結婚しており、すでに子供もふたり儲《もう》けている。

かなりの傑物と評判で、即位の日も近いのではと噂されていた。

「兄上曰《いわ》く、オレが独り身なのが心配だそうだ。早く妻を迎えて幸せになったところを見たいと。……何故それを父上でなく兄上が言うのか全く理解できないが」

「……そ、そうですね」

確かに。

父親が子供の行く末を憂えるのは分かるが、何故兄に言われなければならないのかとは思う。

エミリオ王子が舌打ちをする。あまり行儀のよくない所作だが、整った容姿の人がすると、不思議と不快に感じないのだなあと思ってしまった。

「とにかく、兄上の命令でな。さっさと相手を決めて結婚しろと。しかも、もしオレが動かない場合、こちらで相手を用意する……などと言い出したのだ。それで社交界にいるような女を宛がわれた日には目も当てられない。だから兄が相手を見つけてくる前に自分でなんとかしようと考えたわけだ」

「な、なるほど」

苦虫を嚙《か》み潰したような顔で告げるエミリオ王子に、ただただ同意を返しておく。

でもまあ分からなくもない。

好みとかけ離れた異性を連れて来られる前に自分で探そうというのは、できるのなら私だってしたいと思うからだ。

実際の私は、好きでもなんでもないベナルドと婚約していたわけだが。

結婚は親が決めるものというのが、王侯貴族の基本的な思考なので別に構わないのだけれど、決めさせてもらえるのならベナルドは嫌だと断ったと思う。

「幸いにもオレは第二王子で、それなりの家の令嬢で近しい年齢であれば、誰を連れてきたところで文句は言われない。それでここ数ヶ月ほど、夜会に足を運び、妻とする女を探していたのだが」

エミリオ王子が今日の夜会に顔を出していた理由も今の話で分かった。

だが、彼はどこかうんざりした顔をしている。

「どこの夜会に行っても同じ。王子という身分に惹《ひ》かれた女が、獲物にたかるハイエナのように集まってくる。『王子、王子』と擦り寄り、期待と媚《こ》びを帯びた目でオレを見てくるのだ。いい加減うんざりしていたところでな――折良くお前を見つけた」

「……」

最後の言葉を、それこそ獲物を見つけた狩猟動物のような顔で言い、私を見つめてくる。

ずっと感じていた嫌な予感が強くなったのは絶対に気のせいではない。

「ベナルド・ローラン曰く、お前は婚約者に興味を抱かない冷酷女らしい。婚約者を放置し、ひとりで本を読んでいるような女だとか。まさにオレが求めていた女だ」

「っ……！」

唇の端を吊《つ》り上げ笑うエミリオ王子。私は慌てて両手を挙げ、弁明した。

「ち、違います！　いえ、違わないんですけど、そもそもそれには理由があって……！」

「理由？」

言ってみろと顎で示され、私は仕方なく自分が彼に冷たくするに至ったわけを口にした。

「……あまり口外したい話ではないので、ここだけということで聞いて欲しいのですが……彼は、自分の自慢話と他人の悪口を話すのが好きな性質で……私、それを聞くのが耐えきれなくて」

「なるほど。つまりは話を聞きたくなかったが故に、わざとあの男を無視していたとそういうことか？」

「……はい」

こくり、と頷く。

「そうでなければ私も婚約者として普通に接したと思います。その……さすがに婚約者を目の前にして、やっていい態度ではないと分かっていましたから」

「自覚はあったわけか」

「はい。……そういうことですので、殿下のお眼鏡に適《かな》うとは思えません。契約結婚をなさりたいのでしたら、私ではなく別の女性をお選びになるべきかと」

私は彼の思うような女ではない。そういう意味を込めて告げたのだが、何故かエミリオ王子は楽しげに笑った。

「——いや、お前がいい」

「えっ……？」

「今の話を聞いて、より強く思った。オレの相手はお前しかいないとな」

ギョッとし、思わずソファから立ち上がってしまう。

「な、何故ですか！」

「そういう態度だからだ」

「へ」

「興奮しすぎだ。一度落ち着け」

宥《なだ》めるように言われ、座り直すことを指示された。自分が冷静でなかったことを指摘され恥ずかしくなった私は顔を赤くしながらも、再度ソファに腰かける。

なんだかこの王子と話していると、いつもの自分の調子を崩されるような、そんな気がした。

ベナルドに対して、ゆとりをもって構えていられたのが嘘のような慌てっぷりだ。自分のことながら恥ずかしい。

「も、申し訳ありません」

「いや、いい。こちらも無理を言っている自覚はある」

「……」

無理強いしている自覚があるのなら、退《ひ》いてはくれないものか。

思わずじとりと睨みつけてみたが、エミリオ王子は全く気にせず脚を組み替えた。足が長いので、そんな仕草もとても決まっている。

腹立たしいくらいに格好いい男だ。社交界で人気があるのもよく分かる。

「お前がいいと言った理由だが、先ほども告げた通り、お前がそのような態度を取り続けているからだ。自惚《うぬぼ》れに聞こえるかもしれんが、オレと結婚できるかもと聞いて『自分には務まらない』と辞退できるような女はそう多くはない」

「……あー……」

納得したくなかったが納得してしまった。

確かに十人いれば十五人くらいが振り返りそうな王子と結婚できるかもと聞けば、喜びの感情の方が先に来るのが普通だろう。

私は違うけど。

別に私が格好いい男に興味がないとかそういう話ではない。私だって見目のいい異性には無条件に好感を抱くし、それが婚約者になれば嬉《うれ》しい。

ただ、私にはあまり大きな声で口外したくはないが大切にしている趣味があって、それが第一であとは全て二の次というだけなのだ。

そして今回不運なことに、その趣味のせいで逆に彼の興味を引いてしまったようだと気づき、頭を抱えた。

「うわ……運が悪い……」

「ふっ……ま、そういうところだ」

「っ！」

楽しげに笑われ、やってしまったと自分の口元を押さえた。エミリオ王子が話を続ける。

「オレが探していたのは、オレに興味を抱かない高位貴族の年の近い女。お前はその条件にぴったり当てはまっている」

「……本当ですね」

目をつけられた理由がよく理解できた瞬間だった。

渋い顔をする私にエミリオ王子がよく通る声で告げる。

「オレが望むのは、契約結婚。互いに干渉し合わない、自由を謳歌《おうか》できる契約。オレが見たところ、お前もオレと同タイプだと思うのだが、違うか？　オレと結婚し、自由を手に入れる。どうだ、興味はないか」

「……自由を謳歌できる」

契約結婚と言われただけではピンとこなかったが、具体的なことを言われ、興味を引かれた。

私の変化に気づいたエミリオ王子がニヤリと笑う。

「オレたちは夫婦になるが、ただそれだけ。お前に望むのはオレの妃《きさき》として各行事に参加してもらうことくらいだな。それ以外は、基本、自由に過ごしてもらって構わない」

「……自由」

もう一度同じ言葉を呟く。

私の趣味はかなり時間を割くもので、外出の機会も多くある。

今までは結婚したあとは趣味を楽しむ時間などなくなるだろうと考えていただけに、エミリオ王子の提案は、私にとって渡りに船としか思えなかった。

——王子と結婚すれば、今後も趣味を自由に楽しめる？

父はベナルドとの婚約がなくなったことを悲しむだろうが、第二王子と結婚すると聞けば間違いなく喜ぶはずだ。

実体は契約結婚で父には少々申し訳ない気もするが、このまま家に戻って新たな婚約者を用意されるより、エミリオ王子の提案を呑《の》んだ方が私にとってはハッピーエンドになるのではないだろうか。

——そう、そうよね。次の婚約者がまたベナルドみたいな男という可能性だってあるし。

それならエミリオ王子と結婚した方が遙《はる》かにマシ……いや、私にとって最高な環境に身を置けるのではないだろうか。

考えれば考えるほど、彼と結婚するのがベストではないのかという気がしてきた。

それでも一応、念のため聞いておく。

「……エミリオ殿下、ひとつ確認ですが」

「なんだ？」

「その……夜のお勤めの話、なのですが」

結婚するのだ。当然、子を産むことを期待される。

契約結婚といってもその辺りはどうなのか。

それがどうしても気になった。

だが、エミリオ王子はあっさりと言ってのけた。

「それか。もちろんない。オレも気のない女をわざわざ抱くほど暇ではないからな」

「ほ、本当に？」

「ああ。そもそもオレは第二王子だからな。兄上にすでにふたり子がいることもあり、子を持つことを特に期待されていないのだ」

「……」

あまりにも淡々と告げるエミリオ王子をただじっと見つめる。彼は私を見つめ返し、静かに告げた。

「つまり、無理に子を作る必要はないということ」

「えっ……！」

現金な話だが、自分の目が輝いたのが分かった。

だけど仕方ないではないか。

性行為の有無や子作りについては、どうしたって気になるところなのだから。

ないとはっきり口にしてもらったお陰で、躊躇《ためら》いがなくなった。

先ほどまでとは態度を豹変《ひょうへん》させ、口を開く。

「契約結婚！　是非とも、受けさせて下さいっ！」

あっさりと掌返《てのひらがえ》しをした私にエミリオ王子は驚いていたが、すぐに「そうか」と頷いた。

「お前がその気になってくれたようでよかった。それなら話は決まりだな。今日は遅い。明日の午後にでも、マリオネット公爵にはオレから話をしよう。それで構わないか？」

「はい、お願いします。父には私から殿下がいらっしゃることを伝えておきます」

話を終え、立ち上がる。

エミリオ王子も立ち上がり、私に右手を差し出してきた。

「それでは、これからよろしく頼む。エリザ・マリオネット公爵令嬢。いや、エリザと呼び捨てで呼んでも？」

小首を傾げて聞いてくるエミリオ王子は、絵になるレベルで格好よかったが、今の私は自由が確約された喜びでいっぱいだったのでそれどころではなかった。

大喜びで差し出された手を取る。

「もちろん、お好きにお呼び下さい。エミリオ殿下」

「エリザ。互いにとって有益な関係となれるよう努力しよう」

「はい、頑張ります」

エミリオ王子の言葉はこちらも望むところであったので大きく頷く。

こうして先ほど婚約破棄された悲劇の令嬢であったはずの私は、第二王子という皆もびっくりな新たな婚約者ができたのだった。

◇◇◇

「ただいま帰りました〜♪」

上機嫌で屋敷に帰る。

慌てて迎えに出てきたのは両親と妹だった。

公爵である父が、顔色を真っ青にして私に詰め寄ってくる。

「エリザ……！　大丈夫だったのか！」

「えっ……」

どうやら私がベナルドに婚約破棄を突きつけられたことを父はもう知っていたらしい。

ローラン公爵は口外しないで欲しいと言っていたが、あんな現場を目撃してしまえばうっかり口を滑らせてしまう者もいるだろう。そうなれば人の口に戸は立てられぬとはよく言ったもので、噂はあっという間に広まる。

まさか当日中に知られることになるとは思わなかったが、おそらくは話を知った、夜会に連れて行った使用人の誰かが先に駆け戻り、父に話をしたのだろうと予測はついた。

「お父様……申し訳ありませんでした」

神妙に告げる。

ここは頭を下げておくべきだと思った。

だが父は難しい顔をしながらも否定の言葉を口にした。

「いや、お前が謝ることではないだろう。……聞けばベナルドが夜会の最中、いきなり婚約破棄を言い出したとか。全く、話を聞かされた時は生きた心地もしなかったぞ」

「ご心配をおかけ致しました、お父様」

父の顔色はあまりよくない。相当心配をかけてしまったのは、見れば分かる。

「謝るなと言っただろう。傷ついたのはお前なのだから」

「私は大丈夫です。その、元々ベナルドとは相性もよくないと思っておりましたので、来るべき時が来たとしか感じませんでしたわ」

「そうか……」

私を思い遣《や》る表情を見て「ありがとうございます」と小さく告げる。母が駆け寄り「大変でしたね」と労《ねぎら》ってくれた。

父がハッとしたように言う。

「そうだ。もうひとつ妙な話を聞いたのだが。……ベナルドから婚約破棄を言い渡されたあと、第二王子のエミリオ殿下がお前を貰い受けると言ったとか……いや、まさかな。そんなことあるはずが――」

「その件につきましては、明日、殿下ご自身にお尋ね下さいませ。午後、こちらにいらっしゃるとのことでしたので」

「なっ……!?」

父だけではなくその場にいた全員が目を見開く。

私は皆に一礼をし「それでは」と言った。

「私は先に休ませていただきます。お父様、お母様、お休みなさい」

「ちょ……エリザ、待ちなさい！　明日、殿下が訪ねてこられると言ったか!?」

父が素っ頓狂な声を上げる。

私は二階に続く階段を上ろうとした足を止め、父に言った。

「はい。そうお伝えするよう、殿下に申しつけられました」

「……」

「では、失礼致します」

何も言えなくなった父を置いて、階段を上る。すぐに後ろから「お姉様！」という声が聞こえてきた。どうやら妹が追いかけてきたらしい。

「お姉様、待って！　待ってってば！」

自室に入る前に手首を掴《つか》まれた。

振り返ると、妹が好奇心に目を輝かせてこちらを見ている。

私と同じ、紺色の髪と青い目を持つ妹。

ただ妹は目が悪く、いつも眼鏡をかけている。髪も色こそ同じだが、父譲りの直毛である私とは違い、母譲りのくせっ毛だった。

名前はケイティー。

身長は私の方が十センチ以上高いが、胸は明らかに妹の方が大きい。

年は私の二歳下の十七歳。だけどどう頑張っても十五歳くらいにしか見えない童顔だ。

ケイティーにもすでに婚約者はいて、彼との仲は私とは違って良好。

そんな妹と私はとても仲がよかった。

お互い似た趣味を持っていて、よくどちらかの部屋に集まり、熱く語り合っているからである。

私たち姉妹の間に遠慮という文字はない。だからか、ケイティーはずばり切り込んできた。

「ね、お姉様。お話、聞かせて下さるわよね⁉」

そして私もケイティーに隠し事をするつもりはなかったので、素直に頷いた。

「ええ、いいわ。でもちょっと待って。部屋着に着替えてしまいたいのよ」

夜会帰りの盛装姿なのだ。

それを告げると、ケイティーは「じゃあ、私が手伝ってあげる」と言い出した。

とにかく早く話を聞きたくて仕方ないらしい。

とはいえ、私がケイティーの立場でも同じことをしただろうと思うから「はいはい」と頷き、彼女を部屋へと招き入れた。

◇◇◇

「えー!?　契約結婚!?」

「しーっ！　声が大きいわ、ケイティー」

驚きのあまり大きな声を出す妹に顔を青くし、声のトーンを抑えるように指示する。

妹は慌てたように自分の口元を両手で押さえた。今度は声をちゃんと抑え、私に言う。

「ご、ごめんなさい、お姉様。あまりにも驚いたものだから」

「分かるわ。私もどうしてこんなことになったのって思っているもの」

今の正直な心境を告げる。

先ほどの夜会で起きたことを、妹には何ひとつ包み隠さず話した。

気心の知れた相手だからというのもあるが、話を聞いて欲しかったというのも大きい。

全てを聞いた妹は、何度も首を横に振り、心配そうな顔をして私に言った。

「お姉様、止《や》めた方がいいわ。契約結婚なんて、絶対上手《うま》く行くはずない」

「そう？　私としては願ったり叶《かな》ったりだと思うんだけど」

趣味を満喫する時間を持つことができて、なおかつ性行為も必要ないのだ。

結婚したという事実があればそれでいい。しかも相手は第二王子で身分も問題なく、年だってものすごく年上とかでもない。

「形こそ契約結婚だけど、実態は同居みたいなものじゃない。私としては有り難い限りだわ。元々結婚に夢なんて見ていなかったけど、今回のことでより一層嫌になったのは事実だもの」

「お姉様……」

妹が痛ましげな目で私を見てくる。

「大丈夫よ、傷ついたとかではないから」

誤解を与えないように、そこはきちんと言っておく。

結婚が嫌になったのは本当だが、別にベナルドに傷つけられたとか、そういうのではないのだ。

ただ、やっぱり結婚なんていいものではないなと思ってしまっただけ。

だからこそ余計に、きちんと線引きされている契約結婚なら構わないと思ってしまったのかもしれないけれど。

「愛情を求められないのは楽でいいわ。私も趣味を思い切り楽しめるし」

「お姉様がそれでいいと言うのなら、私に言えることなんてないけど……」

妹が困ったように眉を下げる。そんな顔をさせてしまったのが申し訳なかった。

「ケイティー」

「私、お姉様が傷つくところを見たくないの。だから契約結婚なんて止めた方がいいと思う。でも、お姉様がその方が楽だって言うのなら、これ以上は言わない。……お姉様、本当に構わないのね?」

「ええ。白い結婚なんて私にとっては幸せでしかないもの。大丈夫よ、ケイティー。確かに愛はないかもしれないけど、私、きっと楽しくやれると思うわ」

どうせ貴族の結婚に愛なんてないのだから、それなら楽しく過ごせる方がいい。

そう割り切って言うと妹は「それがお姉様の結論なら構わないけど」となんとも言えない顔をして頷いた。

◇◇◇

私とエミリオ王子の結婚話はトントン拍子に進んだ。

夜会の次の日、本当に我が家を訪ねてきた彼が父と話し、あっという間に婚約を締結していったからだ。

実は、最初ローラン公爵はベナルドの言った婚約破棄を認めなかったらしいのだが、エミリオ王子が先に彼の家に行き、直接話をつけたそうだ。

当人同士、婚約解消の意思がある。それを知っていて、それでもふたりを結婚させるのは百害あって一利なしだと。

しかも、すでにエミリオ王子が私を貰い受けると言った話は広まっていて、収拾のつかない状況になっていた。

噂は王城にいる第一王子にまで伝わっており、エミリオ王子は兄王子から「ようやく花嫁を見つけてくれたのか」というお喜びの言葉まで貰っているような現状。

そこまでくれば、さすがにローラン公爵も諦めるしかなく、私とベナルドの婚約は正式に破棄され、新たにエミリオ王子との婚約が結ばれたというわけだった。

婚約期間は短く、なんと式は一ヶ月後。

あまりのスピードに驚きしかないが、決まってしまったのならさっさと結婚してしまった方がいい。

そうして腹を括《くく》り、やってきた今日。私はあまりにも実感のない結婚式を迎えた。

◇◇◇

よく晴れた夏の午後、私たちは王家が所有する聖堂で挙式を済ませた。

私はプリンセスラインのドレスに身を包んでいた。上品なロングスリーブと細かい刺繍《ししゅう》を重ねたレースがとても美しい。

クラシカルなデザインは王家に嫁ぐのに相応しく、短い期間で用意してくれた両親の努力が報われていると思った。

第二王子の結婚ということで、結婚式には外国からも招待客がやってきており、大層な賑《にぎ》わいだった。

皆が見守る中、私たちは誓いを済ませ、結婚の誓約書に署名した。

まずは私がサインをする。次にエミリオ王子に誓約書を渡すと、彼は一瞬目を大きく見開いた。

「殿下？　どうなさいました？」

式の最中なので小声で聞く。エミリオ王子は「いや、なんでもない」と言い、すぐに羽根ペンを握った。

署名をしながら言う。

「お前の筆跡を初めて見たと思っただけだ。さすがは公爵家の令嬢。美しい文字を書くのだな」

「ありがとうございます」

文字が綺麗だと言われるのは嬉しい。素直に礼を言い、彼が署名を書き終わるのを待った。

署名を終えれば、式は終わりだ。

終わったあとは、王宮の中庭でガーデンパーティーが開かれた。

発案者は、エミリオ王子の兄である第一王子だ。

結婚披露のパーティーに私とエミリオ王子は主役として出席し、色々な人たちと挨拶をした。

もちろんその中には弟の慶事を喜ぶ第一王子ヴィクトリの姿もあった。

礼装に身を包んだ彼は私の近くにやってくると、好意的な笑みを向けてくる。

「やあ」

私は慌てて頭を下げた。

「初めまして。エリザ・マリオネットと申します」

身分が低い者が先に挨拶するのは当然。作法通りに名乗ると、ヴィクトリ王子は頷いた。

「初めましてというほどでもないと思うけどね。君の父上とはよく会っているし。ああ、名乗りが遅れたね。知っていると思うが、第一王子のヴィクトリだ。今日はエミリオの兄として参加させてもらっているよ」

「……」

無言でもう一度頭を下げる。ヴィクトリ王子は「そんなに固くならないでいいよ」と軽い口調で言った。

「何せ私は君の義理の兄になるわけだからね。何か困ったことがあったら、遠慮なく頼ってくれて構わない。大事な弟の妃の頼みだ。私にできる限りで協力するよ」

「あ、ありがとうございます」

第一王子が義理の兄という恐ろしすぎるパワーワードに戦《おのの》きつつも、礼を言う。

まさか自分が第一王子と直接会話する日が来るとは思わなかった。

ヴィクトリ王子。次の国王となる人。

何か失礼があってはいけないと、緊張に身を固くしていると、隣にいたエミリオ王子が呆れたようにポンとヴィクトリ王子の肩を叩いた。

「兄上。エリザが怯《おび》えています。あまり怖がらせないで下さい」

「ええ？　怖がらせるようなことを言った覚えはないけど。ただ、義理の兄として頼ってねと言っただけじゃないか」

「それが怖いんですよ」

「そうかなあ」

兄弟が親しげに話している。それを聞きながら私は心底安堵《あんど》していた。

エミリオ王子が会話を代わってくれて本当に助かった、と。

申し訳ないが、第一王子と会話なんて、何を話せばいいのかも分からない。

――それに契約結婚のこと、多分ヴィクトリ殿下は知らない……のよね。

弟と楽しげに話すヴィクトリ王子をちらりと盗み見る。

彼は本当に嬉しそうだった。

弟が結婚したことを喜んでいるのが会話の端々から伝わってくる。

「……」

なんとなく申し訳ない気持ちになった。

だって私とエミリオ王子は偽の夫婦なのだ。結婚証明書こそ提出したものの、その実態は中身のない夫婦。

それなのにヴィクトリ王子は心から喜んでいる。

――本当に、これでよかったのかな。

ここに来て、今まで全く動きもしなかった良心が疼《うず》くのが分かったが、時すでに遅し。だ。

すでに結婚はしてしまい、後戻りはできない。

覚悟を決めるしかないのだ。

まだ話している兄弟を眺めながら、改めて己の立場を再認識する。

とりあえず、私がしなければならないのは、この弟を大事に思っている兄に契約結婚であることがバレないようにすることだなと思った。

◇◇◇

「……疲れた」

全部が終わったのは、夕方も過ぎた頃だった。

ヴィクトリ王子も笑顔で去り、ようやく解放された私たちは、用意された馬車に揺られて新居となる、城の敷地内にある離れに移動していた。

ガタガタと揺れる車内。疲れからぼんやりしていると、隣に座ったエミリオ王子が「そういえば」と言った。

「先ほどは悪かったな。兄上に絡まれて大変だっただろう」

「いえ……そんなことは……」

答えにくいことを聞かれ、引き攣《つ》った笑顔で返した。

あのあともヴィクトリ王子はずっと私の近くにいて、根掘り葉掘り聞いてきたのだ。

一体、弟のどこが好きなのかとか、あと、エミリオ王子の幼い頃について三十分以上語られたのは地味にきつかった。

「弟はね、誤解されがちだけど、とっても真面目な子なんだ。そのせいで貧乏くじを引くこともよくある。だからこそ弟には絶対に幸せになってもらいたいんだよ」

最後はそう締めくくっていたが、私は正直話の内容よりも、ヴィクトリ王子のブラコンぶりにドン引きだった。

「……ヴィクトリ殿下って、エミリオ殿下のことをとても大切に思っておられるのですね……」

そういえば、結婚を強く推していたのは第一王子だとエミリオ王子が言っていたなと思いながら告げると、彼はうんざりした顔で言った。

「お前は親かと言いたくなることは多々ある」

「……確かに」

「しかものすごく過保護なんだ。全く、兄上はオレをいくつだと思っているのか。時折、十もいかない子供だと思われているのではと疑う時がある」

「……それは……厳しいですね」

「兄上が本心からオレを思ってくれているのが分かるだけにな。辛《つら》いんだ」

「心中お察しいたします」

疲れた様子のエミリオ王子を見れば、そうとしか言えない。

第一王子と第二王子の間に確執がないのはとても良いことだと思うけど、行きすぎたブラコンもどうなのか。

「……あの、一応聞きますが、ヴィクトリ殿下は私たちが契約結婚したことをご存じないんですよね？」

「当たり前だろう」

疑問には即座に答えが返ってきた。

「そんなことがバレたら、どうなるか。叱られるだけでは済まないだろう。何せ、兄上はオレに幸せになって欲しくて結婚しろと言い続けてきた人なのだから」

「……幸せに」

「今後、兄上と会う機会はそれなりにあるだろうが、絶対にバレないようにしてくれ」

「……善処します」

真顔で詰め寄られたが、私に返せる言葉などこれしかない。

襤褸《ぼろ》が出ないようにとにかく仲がよさそうに振る舞えばいいのだろうか。

悩んでいると、エミリオ王子が話のついでのように言った。

「そういえば話は変わるが、お前の元婚約者、外国に留学したらしいな」

「え、そうなのですか？」

悩みをとりあえず一旦棚に上げ、エミリオ王子を見る。

ベナルドについてはどうしているのか、全く知らなかったので驚いた。

何せ、あの婚約破棄宣言の日から一度も会っていないのだ。

だけど確かに今日の結婚式でも、そのあとのガーデンパーティーでも姿を見なかったような気がする。

「留学ですか、あのベナルドが……」

「ローラン公爵の命令だ。頭を冷やしてこいという話だな」

「……あー……ローラン公爵らしいですね」

とても納得した。

どうやら留学は好き勝手した息子に対する罰らしい。確かベナルドは外国語が堪能ではなかったから、留学したというのなら、かなり苦労するのではないだろうか。

色々な意味で学び直してこいという、ローラン公爵のお達しだと気づけば、それも仕方のないことだと思った。

エミリオ王子が言う。

「あの時、一緒にいた女と結婚するという話もしていたようだが、それについては公爵が断固として認めなかった。息子にはもっとしっかりした女性の方がいいという話だ。それについてはオレも賛成だな」

「あ、あはは……」

乾いた笑いしか出ない。

ローラン公爵はきちんと自らの息子の性格を理解しているようだ。

ベナルドは自分の思うままになるタイプの女性が好きなようだが、それでは彼が駄目になると踏んでいるのだろう。

私に求められていたのと同じ役割を、新たな妻となる女性にも求めるらしい。

ローラン公爵家をベナルドの代で潰すわけにはいかないと必死なのだろう。

あの家は、子供がベナルドだけなので、彼をどうにかするしかないのである。

「ローラン公爵としては、なんとしてもお前を繋《つな》ぎ留めたかったようだがな。最初に要らないと言ったのは向こうだ。今更返せと言われたところで、はい、そうですかとは言えん。公爵の望みに適うような女が見つかればいいなと言ってやるだけだ」

「そうですね」

私としてももう一度ベナルドと婚約なんてお断りなので、そこはエミリオ王子と同意見だ。

ベナルドのその後を聞いたところで、ちょうど新居へと到着する。

馬車を降りる。

花嫁衣装を身に纏《まと》ったまま、これから自分たちの家となる場所を眺めた。

「……綺麗」

驚きの声が出る。

王宮から少し距離のある場所に建つ離れは、二階建てのしっかりした造りの屋敷だった。歴史のある建物なのだろう。曲線が多く使われているが、非常に優美かつ芸術的で美しい。入り口にはこの離れ用にと用意された女官や侍従たちがいて、揃《そろ》って頭を下げていた。

「入るぞ」

「は、はい」

歴史を感じさせる美しさに圧倒されていると、エミリオ王子がずんずんと中へ進んでいった。そのあとを追う。

一階の奥にある部屋に、エミリオ王子が迷いなく入った。

続いて足を踏み入れるとそこは応接室となっており、居心地の良い空間が広がっていた。

「わ……」

普通の応接室よりもかなり広い。ゆとりのある室内には質の良いアンティークで取り揃えられた家具が配置されていた。

大きな暖炉があり、その上には時計が置かれていた。

趣味のいい風景画も飾られている。

部屋にはソファだけではなく、ひとり用の肘掛け椅子なども置かれていたが、広いせいで、ゴチャゴチャとした印象を与えない。品良く綺麗にまとまっているように感じる。

「素敵な部屋ですね」

ここで読書などできれば、とてもリラックスできるだろう。そんな風に思いながらエミリオ王子に話しかけると、彼は暖炉の前にあるソファに腰かけながら言った。

「ここにある家具は、基本オレが住んでいたところから持ってきたものだ」

「えっ、そうなのですか？」

てっきりアンティーク品を新たに買い集めたのだと思いきや、エミリオ王子の愛用品だと聞き、驚いた。

「愛着のあるものも多かったからな。ただ、お前の部屋のものは新たに買い求めている。気に入らなければ買い換えて構わない」

女性ものの家具などエミリオ王子が持っているわけがないから、そこは納得である。

とはいえ、家具に強い拘《こだわ》りを持ってはいないので、あるものを使わせてもらえればそれで構わない。

「大丈夫です。そのまま使わせていただきます」

「そうか？」

「はい。殿下がお選びになったのなら、きっと趣味もいいでしょうから」

応接室にある家具がエミリオ王子の持ってきたものだというのなら、私の部屋に設置された家具も期待できる。そう言うと、エミリオ王子は「期待されると、それはそれでプレッシャーだな」と言って笑った。

そうしておもむろに二枚の紙を差し出してくる。

「？　それは？」

「契約書だ」

「契約書？」

はて、と首を傾げる。

「先ほど、結婚誓約書に署名はしたと思いますが」

「そうではない。オレたちは契約結婚という間柄だろう。それならきちんと内容を書面に残しておいた方がいい。そういうことだ」

「あ、ああ！」

エミリオ王子の言葉に納得した。

確かにこの結婚は契約に基づくものだが、それは全て口約束でしかない。紙に証拠として残しておくのは大事だろう。

エミリオ王子が差し出してきた書類を受け取り、近くのソファに座って内容を確認する。

二枚とも同じことが書かれている。

私とエミリオ王子が契約結婚をするにあたっての条件が記載されていた。

まずはひとつめを読む。

・無断で相手の部屋に入らないこと。

これは普通に納得だ。相手のプライベートゾーンに無断で立ち入るなど、契約結婚でなくてもやってはいけないと思う。

ふんふんと頷き、次を見た。

・互いの行動を制限しないこと。ただし、パートナーとして各行事に参加する必要がある場合は、協力する義務が生じる。

これも事前に聞いていたことだ。

公爵家で育ってきているので、妻を伴わなくてはいけない仕事や行事があることはよく知っている。
・可能な限り、食事は共に取る。
……まあ、問題ない。

食事の時間を合わせるくらいは苦ではないし、用意をする料理人たちのためにも揃えられるのなら揃えた方がいいだろう。手間をかけさせるのも申し訳ないし。
・性的な関係は、双方の同意があってのみ成立する。
おお、と内心驚いた。

こんなところまできちんと明記してくれるとは思わなかったのだ。

だが、これはとても大切だし、実際書いてくれたことでホッとした気持ちがあったのは事実だった。

何せ、私たちは『結婚』したので。

事実だけを考えれば、求められれば私は断れない。

万が一、そういうことになっても、受け入れるしかないのだ。その不安を抱かないで済むのは嬉しかった。

「ええと、あとは……」

最後の項目に目を通す。

・どちらかに好きな人ができた場合、双方の同意を以《もっ》て婚姻関係を解消することができる。

「えっ……」

最後の言葉に、つい、声が零《こぼ》れてしまった。

エミリオ王子を見る。彼は私がどの項目を見て言ったのか分かっているようだった。

「当たり前だろう」

「え、でも……」

戸惑う私にエミリオ王子が言う。

「他に好きな異性がいる状況で婚姻関係を継続させることに意味はない。この状況で、愛人を持つというのもおかしな話だしな」

「……いいんですか？」

思わず確認してしまう。

だって貴族の結婚は家同士のものだ。他に好きな相手ができたところで、離婚など認められないのが普通。特にエミリオ王子は王家の人間で、より一層、そういうことが厳しいはず。

だからこんな条項が入っているとは思わなかったのだけれど。

「オレはないと思うが、お前に好きな男ができるかもしれないだろう。その時に、オレの存在が枷《かせ》となるのは嫌なのだ。もし好きな男ができたのなら言うといい。オレにできることはしてやろう」

「……エミリオ殿下」

ポカンと彼の顔を見つめる。

エミリオ王子は笑って言った。

「その呼び方も改めた方がいいな。契約とはいえ、オレたちは夫婦となったのだ。エミリオと呼び捨てで呼ぶといい。敬語もなくて構わないぞ」

「……いいんですか？」

「もちろんだ。それにその方が、周囲から仲がいいと思ってもらえるだろうからな」

「それは確かに……」

喋《しゃべ》り方ひとつでと思うかもしれないが、意外と印象というものは変わるのである。

エミリオ王子――いや、エミリオの言い分と書面の内容に納得した私は頷いた。

「分かったわ。あと、書面の内容も問題なし。私から付け足すことはないわ」

「そうか。なら、両方に署名を」

羽根ペンを受け取り、署名をする。書類を受け取ったエミリオも同じように二枚共にサインをした。一枚を私に差し出してくる。

「これはお前の控えだ。それぞれ一枚ずつ保管しておくことにしよう」

「ええ」

二枚用意していたのは私のためだったらしい。だけどこちらにも書面を持たせてもらえるのは有り難かった。なんとなくだけど信用できる気がするから。

エミリオが立ち上がる。私も彼に倣った。

「それではこれでオレたちは契約に基づいた夫婦となった。明日から妻としてよろしく頼む」

「ええ、こちらこそよろしく」

晴れ晴れとした気持ちで頷く。

ここまでしっかりと線引きしてくれる人となら、きっといい関係が築ける。

契約結婚の話を受け入れてよかったと心から思った。

第二章　契約なので甘さは必要ない

結婚して、早くも三ヶ月が過ぎた。

あれから契約通り第二王子妃として日々を過ごしているのだけれど、今の生活をひとことで表すとするのならこうだ。

「最高！」

もう、これに尽きる。

最初に感じていた不安などどこにもなく、本当に結婚してよかったとしか思えなかった。

特に嬉しいのが『無断で相手の部屋に入らない』という条項。

これのお陰で、私は自室を好きに使うことができた。

私が与えられたのは、二階の西側の部屋だが、有り難いことに結婚前の自室だった場所より広く、私はそこに自身の趣味に関するものを遠慮なく置くことができた。

エミリオが部屋に来ることがないので、時間を気にすることなく趣味に没頭できる今の生活は、私にとって幸せでしかない。

「……はあ。契約結婚素敵すぎる……」

本を胸に抱き、うっとりと自分の現状に酔いしれる。

これまで明らかにしてこなかった私の趣味。それはとある作家のファンだということ。しかもただファンというだけではなく、その作家を激推ししているのだ。

元々、私はエンターテインメント系が好きだった。

読書に舞台鑑賞、音楽鑑賞も好きだし、美術品を見るもの楽しい。

そんな私が三年ほど前、底なし沼に落ちたかのように嵌《は》まったのが『ドモリ・オリエ』という作家の小説だった。

ドモリ・オリエは約五年前にデビューした作家で、恋愛小説を得意としている。

処女作から現在に至るまで、ほぼ全ての作品でヒットを飛ばす、まさに今をときめく大人気作家だ。

私はドモリ・オリエの三作目でかの人を知ったのだけれど、好きになるのにそう時間はかからなかった。

一作読み終わった時点ですぐさま既刊を買いに走り、全巻読破。

睡眠時間を惜しんで読書に励んだ。

自分自身、ここまで小説に嵌まることなどこれまで一度もなかったので驚きだ。だが、好きなものは仕方ない。

なんだろう。ドモリ・オリエの書き方が、妙に心を擽《くすぐ》るというか……あとは、キラキラした恋愛がとても眩《まぶ》しく思え、楽しかったのだ。

高位貴族の娘である私には許されない自由な恋愛。

ドモリ・オリエはその恋愛を色んな立場の人たちを主役にして書いていた。

時に王族。時には没落した貴族。また時にはただの平民。

その恋愛はどれも一生懸命で、読んでいて心が潤う心地がしたのだ。

――もう、全部推したい。

ドモリ・オリエの作品を全部読んだ私の感想がそれだった。

それ以来、私はドモリ・オリエを推しに推している。

あ、『推し』というのは、一番応援している人物やキャラのことで、『推す』は応援する、みたいな感じだと思ってくれればいい。

あと『推し活』という言葉もあるが、それは推している人を応援するための様々な活動という意味だ。

最近、うちの国でよく聞くようになった言葉なのだけれど、使ってみると非常に使いやすいし、的を射ていると思う。

つまり私は、ドモリ・オリエという小説家が『推し』で『推し活』に勤《いそ》しんでいるというわけ。

ちなみに、ドモリ・オリエがどんな人物なのかは明らかにされていない。

とても残念だが、人前に出るのを好まない人のようで、男か女かも分からないのだ。

彼――便宜上、彼と称する――の作品は、それこそ舞台化されることも多々あるくらい人気だが、舞台挨拶の類いにも現れたことがない。

私も必死にチケットを取って初日の初回公演に駆けつけたことがあるが、そこにも彼は現れなかった。

余程人前に出たくないタイプらしい。

どんな人が書いているのかチラリとでもいいから見てみたかったのだけれど、本人が出たくないというのなら仕方ない。

新作を出版してくれることが何より大切。それ以外は二の次だ。

姿形が分からなくてもファンであることに変わりはない。

私は新作が出るたびに、熱量のこもった分厚いファンレターを送り、舞台化すれば何をおいても真っ先に観に行き、作品のグッズが売り出されれば、保存用を兼ねて全てを二種類ずつ買う、ファンのお手本のような推し活をしていた。

ドモリ・オリエの本を読んで、気づいた時には日が暮れている……なんてことは日常茶飯事。

彼のことになると、人が変わったように作品について早口で語る。

それが私で、だけどこの事実はトップシークレットとして周囲には伏せていた。

当たり前だ。オタク（こちらは、ちょっと行きすぎたファン的な意味）丸出しの自分を誰が知られたいと思うだろう。

ドン引きされるのは分かっている。

だから普段は猫を被《かぶ》り、高位の令嬢らしく振る舞う。

「読書が趣味なの」

程度に収めておくのが正解だと知っている。

私が重度のドモリ・オリエオタクだと知っているのは、推し活仲間である妹だけ。

妹はドモリ・オリエの作品の挿絵を描いている絵師のファンなのだけれど、さすが姉妹と言おうか、狂い方はよく似ていて、他に仲間のいない私たちはよくお互いの部屋に集まっては推しについて語り合っていた。

推しのためならいくらでもつぎ込めるし、つぎ込みたい。

そんな私にとって、今のプライバシーがしっかり守られた生活はハッピー以外の何ものでもなかった。

私は今、誰よりも人生を謳歌している自信があるし、現状にとても満足している。

だけどひとつだけ、あまり人には言いがたい悩みも抱えていた。

贅沢《ぜいたく》だと分かっている。

でも、本当に困っているのだ。

それは何かと言えば、夫となったエミリオが、結婚後、何故かとても甘くなったということ。

結婚するまでは、どちらかというとサバサバした印象があったエミリオ。

全てが事務的で割り切った感じで、私もそれがいいと思っていたのだけれど、何故か結婚したあとは別人の如《ごと》くガラリと変わったのだ。

具体的に言うと、なんかもう、全部甘いのだ。

聞けば恥ずかしくて逃げ出したくなるような言葉を、毎日平然と告げるようになったのだから、甘いで間違いないだろう。

その様は、まるでドモリ・オリエの描く小説のキャラの如く。

ドモリ・オリエのヒーローは甘々な台詞《セリフ》を言うことが多く、私も現実ではあり得ないその言葉を読んでキャーキャー、ドキドキするのが好きなのだけれど、エミリオはまるでそのキャラたちのひとりにでもなったかのように、甘い台詞をこれでもかと連発してくるのだ。

はっきり言って心臓が保《も》たない。

「……昨日の夜も大変だった」

顔を赤くする。

昨夜のことを思い出せば、その場でジタバタと身悶《みもだ》えたくもなるものだ。

◇◇◇

「今夜は、お前が好きだと言っていた果物をデザートに用意している」

「えっ……」

夕食前、席に座った私にエミリオがそう言った。

エミリオは上機嫌に話しかけてくる。

「確か、お前はマンゴーとかいう南国産の果物が好きなのだろう？　取り寄せを頼んでおいたのだが、今日それが届いたのだ」

「……マンゴーを?」

エミリオの言葉に驚いた。

彼とは食事を共にしていて、それなりに会話もする。その折りに、私がマンゴーという果物が好きだということを話したのは覚えていた。

マンゴーは我が国ではかなり珍しい果物で、なかなか手に入らない。

私も父の伝手《つて》で何度か食べたことがあるだけ。特に今の季節は入手が難しく、手に入ったと言われても信じられなかったのだけれど。

「……本当にマンゴーだわ」

夕食後、デザートにと出されたのは、エミリオの言った通りの果物だった。

綺麗に切り分けられているマンゴーを前に目を丸くする。

今、マンゴーが目の前にあることが信じられなかった。

「……よく手に入ったわね」

入手難度を知っているからこその言葉に、エミリオは笑って言った。

「何、お前の笑顔が見られると思えば易《やす》いものだ」

「んっ……」

何気なく告げられた言葉が照れくさい。じわじわと顔が赤くなっている自覚はあった。

「オレはお前が好物を食べる時の顔を見るのが好きなんだ。それこそ食べてしまいたいくらいに可愛い顔をするからな」

「か、可愛い……？」

何を言い出すのかとエミリオを見れば、まるで砂糖を煮詰めでもしたのかと言いたくなるような顔で私を見ていた。

――ひっ……！

ただでさえ整った顔をしているエミリオにそんな表情をされれば、その気がなくてもドキドキしてしまうというもの。

――なんなの、なんなの！　なんでそんな甘い顔で私を見るのよ！　何かの嫌がらせ？

私は契約妻でしかないはずなのに、まるで愛する人を見るような目をされれば、混乱もしようというものだ。

「……」

無言でマンゴーに集中するも、エミリオの視線が気になる。それでも口に入れれば、マンゴーの甘さと独特の味が広がり、一気に幸福な気持ちになった。

「美味《おい》しい……！」

目を輝かせる私に、エミリオが満足そうに言う。

「ああ、やはり手に入れてよかった。その幸せそうな顔を見られただけで、頑張ってよかったと思えてしまう」

「……んんっ、けほっ」

ちょっと喉に詰まりそうになってしまった。

目を白黒させる私にエミリオが甘く告げる。

「また、手に入れてやる。楽しみに待っておけ」

「う、うん。ありがとう」

なんとかお礼を言ったが、顔は赤くなるし、背中はぞわぞわするしで大変だった。

とはいえ、彼が私に気がないことは分かっている。

自分のためにも契約妻の機嫌を取っておこうという、合理的な話なのだろう。

当たり前だ。彼が私に惚《ほ》れる理由はどこにもない。

現在の私たちは、食事時以外は、基本別行動。そんな状況で、どうして惚れた腫れたが発生すると思うのか。

でも、本気でそろそろ止めて欲しい。

エミリオと話していると、ドモリ・オリエのヒーローを思い出して仕方ないので辛いのだ。

具体的には、彼の代表作でもある長編『王子様は眠らない』シリーズのヒーローであるトール様。

トール様は国の王太子で、一目惚れした貴族令嬢となんとか結婚しようと頑張る話なのだけれど、ヒロインが自分の気持ちを認めず、なかなかくっつかない。

だけど端から見ればふたりはラブラブで、トール様はヒロインに対してどこまでも甘く、私は特に彼のことが好きだったたし、そのシリーズを推していた。

ファンレターにも長文でトール様が如何に好きかを書き連ねた。

そのトール様と似たようなことを言うエミリオ。

正直、勘弁してもらいたい。

毎回、トール様を思い出して仕方ないし、部屋に戻ればつい『王子様は眠らない』シリーズを読み返してしまうから。

「本当、心臓に悪いわ……」

別にエミリオに惚れるとかはないが、甘々台詞が好きなのでドキッとさせられるのは事実なのである。

イケメンに甘々台詞を言われるのが、こんなにも心臓に負荷がかかるものだということを、私はエミリオと結婚して初めて知った。

こんな事実知りたくなかった。

「はあ……」

自室でため息を吐いていると、扉からノック音が聞こえてきた。

使用人として置いている女官だろうか。

「はい」

「オレだ。少しいいか」

「エミリオ？　ちょ、ちょっと待って」

声の主は今、私を悩ませている当人であるエミリオだった。

慌てて告げる。

「話があるのなら応接室に行くから。先にそっちに行っておいてくれる？」

部屋に入れる気はない。

何せ私の部屋は、ドモリ・オリエ関連グッズで埋め尽くされているのだ。見られれば一発でオタクだとバレることは間違いない。

使用人に見られるのは公爵令嬢時代から慣れていることもあり、構わないし気にしていないが、それ以外の人に見られるのは絶対に嫌だ。

プライバシーは全力で守っていきたい。

意地でも部屋の中に入れるものか。

とはいえ、エミリオはきちんと契約を遵守してくれるタイプなので、今も快く「分かった。応接室で待っている」と言って、すぐに部屋の前から立ち去ってくれたのだけれど。

こういうきちんとしたところは好感が持てるし、私も見習いたいところだ。

「お待たせ」

五分ほどしてから、応接室を訪ねる。

エミリオは、暖炉の前に立っていた。

時間を確認しているのか、時計に触れている。その彼が私を見た。

立ち姿が綺麗なので、そんな些細《ささい》な動きですら、うっかり見惚《みと》れてしまいそうになる。

なんというか、本当にエミリオは綺麗な人なのだ。

爪の先まで隙がなく、美人という言葉がぴったり嵌まる。

更には王子様らしい気品に溢れていて、放つ言葉にも力があるものだから、こんな完璧な人って本当に存在するのだなと思ってしまう。

「ああ、来てくれたか。すまないな」

声をかけられ、ハッとする。慌てて笑みを浮かべた。

「ううん。何か用事があったんでしょ？」

用もなくエミリオが私の部屋を訪れるとは思わない。

尋ねると、エミリオは申し訳なさそうな顔をして言った。

「実は来週の話なのだが、視察に行くことが決まった。それについてきて欲しいのだ」

「視察？」

座るよう促され、ソファではなく近くの椅子に腰かける。エミリオも同じようにし、話を続けた。

「第二王子としての仕事のひとつだな。王家直轄地を年に何度か視察する。前にも行ったことがある場所なのだが、今回は向こうから『お妃様も一緒に』と言われて」

「そう、なんだ」

「今までずっとオレひとりだったのだから、今回もそれでいいだろうと言ったのだが、どうしてもと頼まれてしまっては断れない。すまないが同行を頼めるか」

「もちろん。そういう契約だし」

『パートナーとして各行事に参加する必要がある場合は、協力する義務が生じる』

その文言を覚えていた私はすぐに頷いた。

エミリオは、契約通り私を自由にさせてくれている。それなら私もきちんと契約を全うしなければばと思ったのだ。

「すまない。助かる」

ホッとしたように言うエミリオに「気にしないで」と告げる。

こうして第二王子の視察に妻として参加することが決まった。

初の第二王子妃としての公務である。

◇◇◇

視察当日の朝、私はエミリオと一緒に用意された馬車に乗り込んだ。

「今日はどこに行くの？」

そういえば行き先を聞いていなかったと思ったのだ。

エミリオに言われ、今日は動きやすいワンピースを着ている。とは言っても、第二王子の妃として参加するのだ。それなりに着飾ってはいるけれども。

「王家直轄の場所とは聞いているけど」

「そういえば言っていなかったな」

私の質問にエミリオは頷いた。

彼は細身で装飾の少ない黒を基調とした服を着ていたが、ある意味普段の王子らしい派手な服装よりも似合っている。

エミリオは硬質な雰囲気を持つ人なので、シンプルな黒はとてもよく嵌まるのだ。

あと、脚が細くて長いので、足を組む姿が非常に様になる。

本人も分かっているのか、よくそのポーズを取っているみたいだけど。

今も馬車の中、足を組んだエミリオは、銀色の髪を煌《きら》めかせていた。

馬車の小窓から光が入って、彼の頭に反射するのだ。意外と眩しい。

「今から行くのは、パトラ平原だ。あの辺り一帯は王家直轄の土地となっていて、広い牧場がある。今回の目的地はそこだな」

「牧場へ視察に行くの?」

「ああ。色々な動物がいるぞ。そうだ、エリザ。お前、動物は平気な方か?」

「ええ! 大好き!」

食い気味に答えた。

エミリオに言った通り、私は大の動物好きなのだ。

公爵家では猫を飼っていて、とても可愛がっていた。

その猫は私よりも妹の方が好きで、いつも妹の部屋を根城にしていたが、私がおやつを持っていった時だけは全力疾走でやってきて、お腹《なか》を見せて転がってくれたものだ。

現金すぎるお猫様が可愛くて堪《たま》らなくて、家族全員で溺愛していた。

そういうことを話すと、エミリオは「それなら時間が余ったら、動物を見て回るか」と言ってくれた。

久々に動物たちと戯れられると思うと嬉しくて、自然と笑顔が零れる。

そうして二時間ほど馬車に揺られて、目的地となるパトラ平原に到着した。着いたのは大きな平屋建ての屋敷があるところだ。そこにはこの牧場の管理者と思われる人が待っていて、エミリオに笑顔を見せた。

爽やかで、とても感じのいい人だ。私の父と同じ年代くらいに見える。

「殿下！　お待ちしておりました。こちらの方が、エリザ王子妃でいらっしゃいますか。牧場の管理を任されておりますハクノ・タクトと申します」

柔らかな物腰で挨拶してくれたタクトさんに挨拶を返す。

「エリザです。よろしくお願いします。その、タクト侯爵家の方ですか？」

ファミリーネームに覚えがあり聞いてみると、肯定の返事があった。

「はい。とはいえ、私は三男ですので家を継ぐことはありません。ここの管理を任されたのは十年ほど前で父からの紹介でしたが、性に合っているようで楽しいですよ」

「そう、ですか」

貴族社会では、長男以外は就職に苦労するのが当然だ。

長男は父親からほぼ全てを受け継ぐからいい。だが、次男以下は自分で人生を切り開かなければならないのだ。

入り婿になるか、何か才覚を見せ、自身の力で成り上がるか。

そう考えればタクトさんは運が良い方なのだろう。直轄地であるこの牧場の管理者という仕事を父親から紹介してもらえたのだから。

タクトさんは身体が大きく、がっしりとした体格をしていた。

管理者といっても、書類仕事をするだけではないのだろう。焼けた肌を見ても、彼がきちんと牧場の仕事に関わっていることが窺《うかが》い知れた。

タクトさんとエミリオはすぐに仕事の話に入った。

「子牛が生まれたと聞いたが、他は変わりないか」

エミリオの質問にタクトさんが頷きを返す。

「そうですね。あとは変わりなく。皆の様子をご覧になられますか？」

「そうだな。案内してもらおう」

ふたりは話をしながら、牧場の中に入っていった。そのあとに続く。

一通り見回った後、彼らは飼育方法や餌について熱く議論を交わし始めたが、専門的すぎてとてもではないが会話に入れる気がしない。

隣で微笑んでおくのが仕事だろうと分かっているので大人しくしているが、結構退屈だ。

ただ、エミリオが真剣に仕事をしているのは分かるから、邪魔をしようとは思わなかった。

——これも、王子妃の仕事だしね。

それとも私もふたりに交じれるように、勉強した方がいいだろうか。

いや、しゃしゃり出るのもよくないだろうし……うーん、難しい。

ぼんやりと悩んでいると、エミリオが振り返り、私に言った。

「エリザ。よければ、さっき見た牛舎に戻っても構わないぞ」

「えっ……」

暇をしているのがバレたのだろうか。

タクトさんも頷く。

「ええ、よろしければ是非。お妃様がいらっしゃれば牛たちも喜ぶでしょう」

「そう……？　じゃあ、お言葉に甘えようかしら」

ひとりで動物を見ていてもいいと言われ、気持ちが動いた。

許可を貰った私はふたりに断ったあと、ウキウキで牛舎へ移動した。

生き物は見ているだけでも楽しい気持ちになれる。健康状態がいいならなおさらだ。

「牛も可愛いわね」

牛舎の中には五頭の牛がのんびりと過ごしていた。

エミリオたちと来た時はゆっくり見られなかったので、今度は一頭ずつ見て回る。基本、動物ならなんでも好きなので、癒やしのひとときとなった。

「……思ったより、疲れているわね」

ふうっと息を吐き出す。

ひとりになったことで、気づかなかった疲れがドッと出てきたのだ。

やはり王子妃として振る舞うのは緊張するのだろう。私が慣れていないというのもあるけど。

「徐々に慣れていかないとね……」

契約結婚なのだから、契約条項に書かれたことくらいはきちんとこなさなければならない。

しんどいけれど、これは義務だから頑張ろうと思っていると、牛舎の端に何か黒いものが見えた。

「ん？　んん？」

目を凝らして、その場所を見る。

黒いものの正体はどうやら尻尾のようだった。

「尻尾？　というか……猫？」

姿を見せたのは真っ黒な猫。尻尾がとても長い。目は青色でかなり小さめの猫だった。

「……！」

猫好きの血が騒いだ私は、そうっと小さな猫に近づいて行った。

猫は逃げない。ただじっと私の様子を窺っている。

「——なあ」

「っ！　可愛い！」

小さく鳴いた声が凶悪なほどに愛らしかった。ウズウズする心を抑え、どうか逃げないようにと祈りながら猫の側に行く。

「……こんにちは、猫ちゃん」

「なあ」

声をかけると、鳴き声で返してくれた。

小さな猫の鼻はピンク。ピンとした髭《ひげ》がとても可愛い。

三角お耳がとてもキュートだった。

「うわ、可愛い……ね、あなた、誰かの飼い猫なの？」

猫の毛並みは艶々として美しかったし、栄養状態も悪くないように見えた。

耳の中も汚れた様子はなかったし、爪も手入れしてもらっているようだ。

首輪こそしていないが、間違いなく飼い猫だろう。

多分、この牧場主であるタクトさんの。

「……大事にしてもらっているのね」

青い目がキラキラしているのを見て確信した。

きっとこの子は、飼い主にとても可愛がられているのだろう。人間を怖がる様子もないし、とても社交的だ。屋敷で飼っていた猫を思い出す。

「なあ」

猫が私の手をペロリと舐《な》めた。ざらりとした舌の感触に思わず笑う。

好意的な態度がとても嬉しい。

猫は逃げる様子もなく、私の周囲をくるくると周り、今度はごろんとお腹を出して転がった。

「なあ」

「え、撫《な》でろって？　いいの？」

おそるおそる手を差し出してみる。嫌がる素振りが見られなかったので、そっとお腹を撫でた。

ふかふかの感触に心が癒やされる。

「うわ～、やっぱり猫、最高～」

ほわんとした気持ちになった。そのタイミングで後ろから声がかかる。

「エリザ、お前何をしているんだ？」

「ひゃっ⁉」

慌てふためきながらも振り返ると、そこにはエミリオが呆れた顔をして立っていた。

「まさかずっとその猫と遊んでいたのか？」

「……ち、違うわ。さっき見つけたばかりよ」

「ほう」

「い、言ったでしょ。わ、私、猫が好きだから」

別に必要ないのだが、なんとなく言い訳をするように言うと、エミリオがふっと笑いながら言った。

「責めているわけではない。猫ならオレも好きだ」

「！　そうなの？」

予想外の共通点になんとなくテンションが上がる。

黒猫に視線を移し、エミリオが言った。

「こいつはハクノが、半年ほど前に拾った猫だ。親とはぐれたところを保護して、そのまま飼うことにしたらしい」

「へえ」

「人懐っこく、噛んだりもしない、賢い子だ」

「にゃあ」

褒められたのが分かるのか、猫は嬉しそうに返事をした。

尻尾がピンと立っている。

私の横にやってきたエミリオがしゃがみ込む。猫に向かってゆっくりと手を差し出した。

「ほら」

ふんふんとエミリオの手のにおいを嗅いだ猫が、彼の手に己の鼻を押しつける。

鼻チュウだ。

猫にとっては親しい人への挨拶のようなもの。

思わず声が出た。

「可愛い～」

エミリオが猫の頭を撫でる。鼻の頭くらいを撫でられると、猫は嬉しそうに目を細めた。

毛繕いできない場所を撫でられるのが好きというのはよく聞くし、実家の猫もそうだったが、この猫も同じらしい。

エミリオの手つきは優しく、猫もリラックスしているようだ。時折、低くゴロゴロいう音が聞こえてくる。

「にゃ」

「ふふ、お前、甘噛みぐらいにしとけよ？」

かぷっと猫がエミリオの手に噛みつく。エミリオは猫のしたいようにさせていた。その顔はとても優しく、彼がこの猫を愛《いと》おしんでいることが伝わってくる。

「……」

いつも彼が浮かべる自信満々な笑顔やクールな雰囲気はすっかり鳴りを潜めている。

今は穏やかな空気が彼を包み、エミリオ自身もとても柔らかく笑っていた。

――わ。

普段、見ることのない彼の新たな一面を見て、一瞬、胸が高鳴った。

彼が猫に向ける、慈しむような表情。それから目が離せない。

「うん？」

私の視線に気づいたのか、エミリオがこちらを見た。

「どうした？」

「あっ、いえ……なんでも……」

まさか見惚れていましたなんて口が裂けても言えないので、首を横に振る。そんな私を見たエミリオが意地の悪い顔をした。

「なんだ？　オレに見惚れでもしたか？」

「なっ……！」

図星を突かれ、顔がカッと赤くなったのが自分でも分かった。

動揺しすぎて何も言えない私にエミリオがさらりと言う。

「はは、冗談だ。だが、オレとしては先ほどこいつと戯れているお前を見て、悪くないと思ったがな」

「は……」

最後の言葉を優しく告げるエミリオを凝視する。

悪くないとはどういう意味だ。

顔が赤くなったのを見逃してくれたのは有り難いが、放置しにくい発言をするのは止めて欲しい。

いや、エミリオのことだからきっと深い意味などないのだろうけど。

だって結婚してからというもの、終始彼はこんな感じだから。

——心臓に悪い、心臓に悪い、心臓に悪い～！

その気もないのに、こちらの息の根を止めにかかるような台詞を連発するのは本当に勘弁してもらいたい。

それでなくとも、私はトール様のような甘い台詞が好きなのだ。現実で聞かされて無視できるほど精神は鍛えられていない。エミリオを好きとかではなくとも、普通にドキドキする。

「そろそろ、帰るとするか」

私が心の中で大騒ぎしていると、エミリオが立ち上がり、私に言った。

「そ、そうね」

平静を装い、頷く。

もう構ってもらえないと分かったのか、猫は「なーんだ」という顔をして、私たちから去っていった。

こういうところがお猫様であり、可愛いところだと思う。

「ふふ……可愛い」

「そうだな。如何にも猫だ」

エミリオも楽しそうに笑っていた。

牛舎をあとにし、タクトさんに挨拶をしてから馬車に乗って、牧場を出る。

そろそろ王都の門を潜《くぐ》ろうかというタイミングでエミリオが言った。

「せっかくだから、何か食べて帰るか。視察に付き合ってもらった礼だ」

「え、別にいいのに。契約を履行しただけだもの」

気を遣ってもらうのは申し訳ない。

そう思い断ったのだが、エミリオは引かなかった。

「そう言ってくれるな。実は、すでにアフタヌーンティーを予約しているのだ。だから行かないという選択肢は初めからなかったりする」

「そ、そうなの？　じゃ、じゃあ」

予約済みなら、行かないのは失礼だ。準備をして待ってくれている店の人に申し訳がない。

私が連れて来られたのは、大通りの一等地にある、お洒落《しゃれ》なオープンカフェだった。

店名は『ブルースターズ』。

看板には店名と三つの青い星が描かれている。

「素敵……」

壁や窓を取り払い、通りにまでテーブルや椅子を並べたカフェは、かなりの人気なのかすでに人で埋まっていた。

「行くぞ」

エミリオが私の手を引き、店の中へと入っていく。

予約していたというのは本当だったのだろう。エミリオを見た店員はすぐに「お待ちしておりました、エミリオ殿下」と彼に笑顔を向けた。

「二階席をご用意しております」

「ああ」

店員の言葉に頷くエミリオ。

案内されるまま、二階に上がる。

テラス席も素敵だと思ったが、エミリオの立場を考えれば、店内席の方がいいだろう。

誰に見られているかも分からないし。

「わ……」

二階席からは一階席が見下ろせるようになっていて、座席数も少なめにしてあった。

席と席の間が広い。おそらく予約優先席なのだろう。

「こちらにどうぞ」

窓側の席を勧められ、座る。

店内の雰囲気は明るく、だけどガヤガヤしすぎていないのが気に入った。

よく見ればテーブルと椅子はアンティーク品で、テーブルクロスもそれなりのものを使用している。

店内を照らすシャンデリアもカフェにあるものとしては破格に豪奢《ごうしゃ》で、店主が拘って作り上げた店であることがよく分かった。

「素敵な店ね」

「気に入ったか？」

「ええ、とっても」

落ち着きがあって、何時間でもいられそうだ。

「いい店に連れてきてくれてありがとう」

こんな店があったこと自体知らなかったので、いい雰囲気のカフェを教えてもらえたのは嬉しかった。

「お待たせ致しました」

興味深く店内を観察していると、しばらくして店員がアフタヌーンティーを運んできた。

おそらくは予約時に注文も済ませていたのだろう。

大きめの茶色いボックスに、セイヴォリーやスイーツが並んでいる。ボックスには引き出しがあり、店員が開けるとそこにはスコーンやチョコレートが入っていた。

だけど全体的に黄色い……というか、使われているのはマンゴーが多い気がする。

「これって……」

確認するように店員を見る。店員はニコニコと笑って言った。

「こちら季節限定、マンゴーとシトロンのアフタヌーンティーとなっております。マンゴーが入手困難なこともあり、一日三組限定。店長自慢の逸品ですので、是非楽しんで下さいね」

「三組限定……」

「ええ、予約必至の人気メニューです。紅茶はお代わり自由となっておりますので、なくなりましたらお申し付け下さい。最初の一杯は、店のオリジナルブレンドです」

一杯ずつティーカップに紅茶を注《つ》ぎ、ポットを置いて、店員は下がっていった。

思わずエミリオを見る。

「これ……」

どう考えても、事前にわざわざ調べた上で予約してくれたとしか思えない。

一日三組限定の人気メニューを予約するなら、それこそ前日予約では不可能だろう。

しかもメインは私の好物のマンゴーだ。

「私のために？」

「どうせカフェを予約するのなら、お前が喜んでくれる方がいいからな。ちょうどこの店がマンゴーのアフタヌーンティーをやっていると聞いて、予約したんだ。時間通りに来られてよかった」

「……」

どうやら予約時間に合わせて、視察も終わらせていたらしい。

なんだかここまでされると、メインは視察ではなく、こちらのアフタヌーンティーの方ではないのかと思えてきた。

――いやいや、そんなわけないって。

これは、視察のお礼なのだ。そして、どうせなら私の好物をと選んでくれただけで他意はない。

他意はないのだ。

――本当に？

疑問が首をもたげてくる。それを邪念だと振り払い、私はエミリオにお礼を言った。

「ありがとう。その……わざわざマンゴーのアフタヌーンティーを予約してくれて」

「喜んでくれたのなら、この店を探した甲斐《かい》があったというものだ。さあ、食べようか。でないとせっかくのスコーンが冷めてしまう。そのスコーンもマンゴーを練り込んだものらしいぞ」

「そうなの？　わ、楽しみ」

今は素直にこのアフタヌーンティーを楽しもう。

ボックスの引き出しからスコーンの載ったお皿を取り出す。その隣にはクロテッドクリームやジャムがあり、私はクロテッドクリームをたっぷりつけて、スコーンを食べた。

「美味しい！」

スコーンは焼きたてで、ホクホクしていた。

マンゴーが練り込んであるというのは本当で、甘い果実の味が口の中いっぱいに広がる。

私は夢中になってスコーンを食べた。

「……ん？」

ふと、エミリオが私を見ていることに気づき、食べる手を止める。口の中のものを咀嚼《そしゃく》し、飲み込んでから、彼に尋ねた。

「どうしたの？　エミリオは食べないの？」

「いや、食べるが」

唇に手を当ててくすりと笑う。その仕草がとても色っぽい。

「お前の食べている姿に見惚れてしまって、食べるのを忘れていた。前にも言っただろう。お前の食べる姿が好きだと。目を輝かせて好物を食べるお前は本当に可愛い。いつまで見ていても飽きないな」

「っ……！　エ、エミリオ……！」

響く声は低く柔らかく、目はうっとりと細められていて、まるで色気の暴力だ。

「う……あ……」

意味のない言葉だけが口から出る。顔が真っ赤になっているのは、指摘されなくても分かっていた。

エミリオが「あ」という顔をする。立ち上がり、こちらに手を伸ばしてきた。

「え、何？　……へ？」

「ついている」

すっと口元を指でなぞられる。一瞬だったが、何が起こったのか、本気で理解できなかった。

──は？

目を大きく見開く私に、エミリオがすくい取ったクリームを私に見せた。

「クロテッドクリームがついていた。ふふっ、お前はまるで子供だな。愛らしい」

パクリ、と指についたクロテッドクリームを舐め取る。

ピンク色の舌がやけに艶《なま》めかしく私には映った。

「な、な、な……」

これ以上ないほど、全身が赤くなっていく。動けない私にエミリオが甘く瞳を煌めかせ、うっとりするような美声で告げた。

「夫婦なのだ。別にこれくらい構わないだろう？」

「〰〰っ‼」

気絶しなかった自分を褒めてやりたいと本気で思った。

◇◇◇

「──とまあ、毎日がこんな感じなのよ」

妹に愚痴る。

あのアフタヌーンティー事件から一週間後、私は実家に帰っていた。

妹の部屋には愛猫メルティが寛《くつろ》いでおり、久々の猫との空間を楽しんでいたのだけれど。

「ねえ、エミリオ殿下との新婚生活ってどうなってるの？」

なんて興味本位で聞いてきたケイティーの言葉に、思っていたよりストレスが溜《た》まっていた私は、今まで溜め込んできた不満と言おうか困りごとを彼女にぶちまけたというわけだ。

ソファに座っていた私は、勢いよく、だん、と目の前のテーブルを叩く。

行儀が悪いと分かっていたが止められなかった。

「もう、本当に甘々なのよ、エミリオってば。結婚生活を円滑にするために私に優しくしようとしてくれるのは分かる。でもはっきり言ってやりすぎ。少なくとも、口元についたクロテッドクリームを指ですくい取る……なんていうのは二次元の世界でしか許されないと思うの」

強く訴えると、目の前のひとり掛けソファに座っていたケイティーからは軽い答えが返ってきた。

「それは確かに。でもエミリオ殿下ってイケメンだから普通に似合うんじゃない？」

「そうなのよ!!　実に腹立たしいことに、すっごく似合うの！　だからこそ辛い！」

「贅沢ねえ」

「そう言うなら私と代わってよ!!」

「え、現実世界の男に終始甘々な台詞を吐かれるとか、絶対無理」

「酷い！」

塩対応な妹に私は拳を握り、告げた。

「似合うからこそ止めて欲しいのよ。あれ、一種の暴力だからね？　美の暴力。毎回心臓に悪いったらないわ」

「それはちょっと大袈裟《おおげさ》じゃない？」

「そんなことないわよ！」

首を傾げてくる妹に、力説する。

別に好きとかではないけど、エミリオの言動はどれもこれも私の推しキャラたちが言いそうなことばかりで、しかもその言動が似合っているものだから、うっかり萌《も》えてしまってしんどいのだ。

頭を抱え、首を振る。

「厳しい……本当に厳しい……」

「聞いている分には面白いんだけどね」

「自分の身になると、途端キツくなるわよ」

「想像はつくから絶対に代わってあげない♪」

「……はあ」

肩を落としてしょぼくれると、メルティがぴょんと膝の上に飛び乗ってきた。

まるで私を慰めてくれているような動きに、気持ちが少し浮上する。

「お前は優しいわね」

「にゃうっ」

「あっ」

触るなと言わんばかりに威嚇されてしまった。

どうやら自分が触れる分にはいいが、触れられるのは駄目らしい。わがままではあるが、これぞお猫様だと思っているので腹は立たない。

勝手に触ろうとした私が悪いのだ。

撫でようとした手を放すと、メルティはまあいいだろうとでも言うように、私の膝に座り直した。

足を折り曲げた香箱スタイルだ。

どうやら膝の上にはいてくれるらしい。嬉しい。

ケイティーがしみじみと言った。

「でもまあ、よかったわ。契約結婚なんてどうなることかと思ったけど、思いの外大事にしてもらっているみたいだし」

「それは……まあ、ええ」

大事にされていないとは口が裂けても言えないので肯定する。

時折訪れる甘々攻撃が辛いことさえ除けば、エミリオは私にとって理想的な契約夫なのだ。

うとうとし始めたメルティを見て、懲りない私はその背中をそっと撫でた。幸いにも今度は嫌がられなかった。

ふかふかの毛並みに癒される。メルティは長毛種の白猫様なのだ。

「ああ、メルティ……」

思わず顔を埋《うず》めて息を吸い込むと、お日様の香りがした。

「にゃあ!」

気分を害したのか、それまで機嫌よく膝の上にいてくれたメルティは妹の方へ行ってしまった。

妹が手を翳《かざ》すと、自分から顔を擦《こす》りつける。

どう見ても私より懐いているのは間違いなかった。片想いが辛い。

「ああ……メルティ」

「はいはい。あ、お姉様。そろそろ時間だけど行く？」

時計を見たケイティーがにっこりと笑いながら私に聞く。

私は即座に立ち上がった。

「もちろん、行くわ！　今日はそのために来たんだもの」

実は今日は、私の推し作家であるドモリ・オリエのサイン本が発売される日なのだ。

サイン本は三種類あり、まずは作家のドモリ・オリエのサインが入ったもの。次に挿絵を描いているモーリ・リトのサインが入ったもの。最後にふたりのサインが入ったものがある。

争奪戦間違いなしのラインナップだ。

いつもなら先着順で、発売される日は書店のオープン前から並ぶのだけれど、今回は珍しくも抽選だった。

抽選券は新刊の帯についている。裏側に小さく番号が振ってあるのだ。

昼過ぎに当選者の発表があると聞いているので、私は妹と示し合わせて、抽選日となる今日、こうして集まったというわけだった。

別に妹はドモリ・オリエファンの私に付き合ってくれているわけではない。

妹は、挿絵を描いているモーリ・リトの大ファンなので、彼女もサイン本が欲しいのだ。

ふたりで馬車に乗り、行きつけの書店へ向かう。車中、妹が抽選券を胸に抱えながら言った。

「はあ……モーリ・リト先生のサイン本、当たってくれるといいけど」

その言葉に大いに同意した。

「私もドモリ・オリエ先生のサイン本、当たりたい。前回は先着順だったけど買えなかったし」

新作が売り出されるたびにサイン本は出るのだが、入手確率は決して高くない。

入手できるのは五回に二回くらいだろうか。頑張っているのだけれど、当たらないことの方が多いのだ。

そしてそれは妹も同じで。

「ううう……モーリ・リト先生。他の作家の挿絵も描いて下さらないかしら。そうすればサイン本が買える確率も上がるのに」

悔しげに言う妹。特に反論もなかったので頷いておく。

「そうね。モーリ・リト先生は、ドモリ・オリエ先生の本の挿絵以外の仕事はなさらないから」

不思議なことに、絵師のモーリ・リトは、ドモリ・オリエの小説の挿絵以外の仕事を一切受けないのだ。

「美しい絵柄だし、ドモリ・オリエ先生の本が売れている理由の二十パーセントくらいはモーリ・リト先生のお陰だと思うから、絶対に需要はあるのに。どうして描いて下さらないのかしら」

「さあ？　モーリ・リト先生の考えることは私には分からないからなんとも言えないけど」

あまり適当なことは言えないのでそう告げると、妹は残念そうに息を吐いた。

「私はもっとモーリ・リト先生の作品を見たいし買いたいのに。ああ、作品を買って貢献がしたい。そして先生にはガッポガッポと儲けてもらって、美味しいものを食べてもらいたいのよ。そうすれば実質私が先生を養っているってことになるでしょう?」

己の欲望をダダ漏れさせる妹だが、気持ちは分かる。

「そうよね。推しの生活を自分が支えているって気持ち、満足感があるもの」

「そうなの。きっとモーリ・リト先生は、貧乏な一般庶民で、普段は町のパン屋かどこかで働いているのよ。そして疲れを押して、夜は絵師として活動なさっている。……うっ。考えただけでお気の毒。私、先生を応援したい。ああ……先生がどこの誰か分かるのなら、全力でこっそり貢ぐのに……!」

「こっそりというところがポイントよね。あと、なんでパン屋なの?」

そう言うと、妹は「似合うからよ」と平然と言った。

「こっそり貢ぎたいのはお姉様も同じでしょう? 推しに認知されたいわけではないもの。影ながら支えるというのが重要なのよ」

「まあ、そうね」

私も妹も、推しを遠くから見守りたい派なので、認識されたいなど全く思っていない。

妹がしみじみと言う。

「ああ、モーリ・リト先生。早く、パン屋を退職して、絵師一本で生きて下さい。あなたならできます。その気になれば今すぐにでも独立できるくらい仕事が来ると確信できるのに、どうしてあな

た は 頑《かたく》なにパン屋を止めないのですか……！」

「モーリ・リト先生の職業が完全にパン屋に固定されているわね……」

妹の思い込みがすごい。だがまあ、私も以前は似たようなことを考えていた。

きっとドモリ・オリエ先生は、どこかの貧乏下級貴族なのではないか、とか。

家計を助けるために小説を書いているのだ。私が作品を買うことで応援しなければ、なんて思っていた過去があるだけに妹を笑えない。

今？　今はドモリ・オリエ先生は大人気作家なので、きっと家は持ち直し、先生は裕福な暮らしをしつつ創作活動をしているのだと信じている。

もちろん、今後も影ながら支えさせていただくが。

貯金はいくらあってもいいはずだ。一生裕福な暮らしができるほど稼いだのちは、先生には好きな話だけを書き続けてもらいたい。

……つまり、大概私も勝手な妄想をしているのだった。

「着いたわ」

話しているうちに、目的の書店に着いた。

書店にはすでに大勢の人が集まっている。

サイン本の当選番号が張り出されているのだろう。

こうしてはいられないと私たちも急いで馬車を降りた。

妹が目を血走らせながら私に言う。

「お姉様。モーリ・リト先生のサインが当たったら、私に譲ってくれるのよね？」

「ええ、構わないわ。その代わりケイティーも、ドモリ・オリエ先生のサインが当たったら私に譲って」

「もちろん」

がっしりと握手を交わす。

それぞれ推しが違うので、こういう話も問題なく成立する。

書店の中に入る。人々が集まっているのは、中にある柱の付近だ。

そこに当選番号が張り出されているようで「当たった！」やら「外れた」やらの悲喜交々《ひきこもごも》の悲鳴が飛び交っていた。

「……行くわよ」

「ええ、お姉様」

頷き合い、番号を確認する。

私の番号は58だ。書かれた番号をひとつひとつ確認していく。

「58……58……うっ、ない……！」

突きつけられたのは『外れ』という絶望だった。

ショックで、頭の中が真っ白になっていく。血の気が引く思いだった。

「嘘……はずれた……。あんなに神様にお祈りしたのに……なんで？」

現実を直視したくない。

きっとサイン本を手に入れてみせると意気込んでいただけにショックは大きかった。

特に最近、先生はサイン本には特別なショートストーリーをオマケにつけてくれることが多いのだ。

それを目当てにしていることもあり、外れた事実が受け入れられなかった。

「今回の話……すっごく面白かったから、ショートストーリーも読みたかったのに……」

ショートストーリーは後日談だったり、本編のちょっとしたネタばらしが書かれてあったりと、ファンとしては見逃せない内容になっているのだ。

あまりのショックに項垂《うなだ》れていると、隣では妹が身体を震わせていた。

「……ケイティー？」

声をかける。妹はまるで焦点の合っていない目で虚空を眺めていた。

「は……はずれ……嘘でしょ……モーリ・リト先生のサイン本が手に入らないなんて、私この日をどんなに楽しみにしてきたか……！」

「……あなたも外れだったのね……」

どうやら今回は、ふたり揃って外れてしまったようだ。

どちらか片方だけが当たるよりは、ふたりとも外れた方がマシなのかもしれないけれど……いや、片方だけでも当たって欲しかった。

「ああ……先生のサイン本、欲しかったわ……」

嘆いてもドモリ・オリエのサイン本が手に入るわけではない。

厳正なる抽選の結果なのだ。

私はショックから立ち直れない妹の肩を抱き、いそいそと書店をあとにした。

申し訳ないが「当たった！」と喜んでいる人の声を聞くのは辛かったのだ。

よかったね、なんて言ってあげられる自信はない。むしろその権利を譲れ、くらいは言いたいくらいだ。

心が狭い自覚はある。

帰りの馬車の中は、まるでお葬式のような雰囲気だった。

ふたりとも力が抜けたようにどこか遠くを眺めている。

それだけ今日を楽しみにしていたということなのだけれど、なかなか立ち直れなかった。

とはいえ、いつまでも落ち込んではいられない。

私は身体を起こし、自分に言い聞かせるように言った。

「仕方ない。これはドモリ・オリエ先生が、それほどまでに人気だという証拠。当たらなかった事実は悲しいけれど、とても悲しいけれど、ドモリ・オリエ先生が皆に認められた人気作家だというのは、彼を応援する者としては嬉しい限りよ」

「……そうね」

妹も、力が入らないながらもなんとか起き上がった。

「確かにお姉様の言う通りよ。これは、如何にモーリ・リト先生の人気が高かったかという証拠にほかならないもの。確かに抽選に外れてしまったのは悲しいけれど、先生がパン屋の下働きから逃れるための一歩だと思えば我慢もできるわ」

「下働きだったんだ」

「ええ、朝早くから仕込みに駆けずり回るの。可哀想《かわいそう》でしょ」

「……」

妹が可哀想なキャラが殊更好きなことを知っていた私は、無言になった。

どうやらモーリ・リト先生にも不幸な境遇であって欲しいらしい。

「パン屋の下働きから逃れ、いつかは絵師だけで生きていけるようになるの。辛い日々があってこそ、未来は薔薇《ばら》色に輝くのよ！　お姉様も分かるでしょ」

「私は、わざわざ不幸にする必要はないと思うけど」

私の好みは妹とは違う。

同意できないことまで頷けないので、正直に告げると、すっかり元気を取り戻した妹は眦《まなじり》を吊り上げた。

「何言ってるのよ、お姉様！　どん底まで一度落ちるからこそ、幸せになった時の喜びが大きいって分からない？　高低差ってやつよ！」

「全然分からないわ。どちらかというと、私は登場人物に辛い思いはして欲しくないから」

「それって、ハッピーエンドになったところで、あまり喜びはないと思わない？」

「そんなことないわ。それに私、あまり不幸がすぎると、読んでいられなくなるし」

私は不憫《ふびん》な主人公を好まないのだ。

あとでひっくり返ると分かっていても、貧乏で虐《いじ》められていて、皆に馬鹿にされていて……みたいな描写が最初に来ると「あ、もういいです」となってしまう。

だからドモリ・オリエの作品は、そういう意味でも私の好みに合っていた。

何せ彼は、キャラを不幸にはしないので。

彼の書くキャラは皆、未来に対して前向きだ。読んでいると元気が貰えるような気がする。

だがそれが妹には気に入らないらしく、彼女はあくまでもイラストを描いているモーリ・リトを推しているだけで、作品のファンではないと言っている。

とはいえ、モーリ・リトが描いているのはドモリ・オリエの小説の挿絵だけなので、結果として妹はドモリ・オリエの小説を買い漁《あさ》っているし、きちんと読んでいるのだけれど。

妹の本棚には、不幸なヒロインが、高い地位にあるイケメンに愛されて幸せになる話がたくさん詰まっていて、普段はそちらを読んでいるらしい。

妹が強い口調で告げる。

「ドモリ・オリエ先生は甘いのよ。キャラクターにはもっと艱難辛苦《かんなんしんく》を味わわせなきゃ」

「はあ？　そんなのドモリ・オリエ先生じゃないでしょ」

不幸のどん底から這《は》い上がる。

そういう話を好む人が多いことは知っているし、否定する気もないが、少なくとも先生のカラーではない。

さすがにケイティーもそれは分かっているようで、ため息を吐きつつも同意した。

「そうなのよね……はあ。モーリ・リト先生。どうしてあなたは頑なにドモリ・オリエ先生のイラストばかり描かれるんですか……」

「モーリ・リト先生もハッピーエンドが好きなんじゃないかしら。きっとキャラが不幸になるのは嫌いなのよ」

「止めて！　モーリ・リト先生にまで私の性癖を否定されたくない‼」

イヤイヤと首を振る妹の顔は真剣だ。

そんな妹に私は、話の中断を持ちかけた。

「そろそろこの話は止めましょう。お互い、どれだけ相容れなくても好みは尊重するものよ」

この件に関しては平行線。分かり合える日など来る気がしないので、適度なところで終わらせるのがポイントだ。

妹も分かっているのか合意した。

「ええ、そうね。お姉様、ドモリ・オリエ先生のことを悪く言ってごめんなさい。モーリ・リト先生が挿絵を描いている唯一の先生だもの。きっと私には分からない魅力があるのよね」

妹なりの謝罪に、私も口を開く。

「私も悪かったわ。あなたの好みを否定するつもりはないの」

「私もよ。お姉様、これからも一緒に推し活をしてくれる？」

上目遣いで聞いてくる妹に、私は手を差し出した。

「もちろん。推している相手が違っても、仲間がいるのは嬉しいことだもの。こちらこそ今後もよろしくね」

「結婚したあとでも、こうして一緒に活動できるのは本当に嬉しいわ。お姉様、また実家に帰ってきてね」

差し出した手を両手で握り返してきた妹が強請《ねだ》る。

妹の望みは私の望みでもある。

彼女の言葉に、私は大きく頷いた。

◇◇◇

「ただいま帰りました」

妹と仲直りしたあと、再度公爵家でお茶をした私は、予定通りの時刻に王城へと戻った。

自分の家である離れに入る。

玄関ロビーにはエミリオがいた。

「ああ、帰ってきたか」

「あれ、エミリオ。出かけるの？」

エミリオは帽子を被っていたのだ。プライベートに踏み入る気はないが、出かけるかどうかくらい聞いても構わないだろう。

そう思い尋ねると、否定の言葉が返ってきた。

「いや、今ちょうど帰ってきたところだ」

「そうだったの。お帰りなさい」

一応と思い、帰宅の挨拶を告げると、彼は「ただいま」と言ってくれた。それを聞き、自室へ戻るべく、ロビーにある二階へ続く階段に向かった。そんな私をエミリオが引き留める。

「ああ、エリザ。少し待ってくれ。話がある」

「話？」

足を止めて振り返ると、エミリオは上着の胸ポケットから二枚のチケットを取り出した。

「実はさっき、舞台のチケットを二枚貰ったのだ。よかったらお前も一緒にどうだ？」

「舞台？　演目はなんなの？」

観劇は好きだが、それでも好みはある。

あまり気の進まないものなら断ろうと思い、演目を尋ねると、彼からは信じられない答えが返ってきた。

「『テレス戦記～愛と希望の物語～』の初日公演のチケットだな」

「はあああ⁉」

思い切り声がひっくり返った。目を大きく見開き、エミリオに詰め寄る。

「テレス戦記の初日公演のチケット⁉　冗談でしょ⁉」

「別に冗談でもなんでもない。疑うなら確認してみればいい。……ほら」

秀麗な眉を寄せ、エミリオがチケットを二枚渡してくる。そこには確かにテレス戦記と書かれていた。

日にちも間違いない。これは初日……というか――。

「初日どころか、これ、初回公演じゃない！　嘘でしょ！」

先ほど以上の大声を上げてしまった。でも私がそんな声を出すのもしょうがない。

何故かと言えば、このチケットは私がいくら積んでも構わないと思ったほどには手に入れたくて、だけども結局手にすることができなかった幻のお宝だったから。

ここまで言えば想像がつくとは思うが『テレス戦記～愛と希望の物語～』はドモリ・オリエの同名の小説を原作としたものだ。

ドモリ・オリエのテレス戦記シリーズは、彼の作品の中でもかなりファンが多く、私も大好きなシリーズのひとつだったりする。

今回、舞台化が決まった時は、諸手《もろて》を挙げて喜んだし、絶対に初日初回公演に行ってみせると意気込んでいたのだけれど。

不幸なことに、チケットが取れなかったのだ。

あまりの人気で、チケットは売り出し初日の朝にはソールドアウト。

チケットを手に入れた者は最低でも前日夜から並んでいたと聞けば、公爵令嬢である私や妹に手に入れられるはずもなかった。

特に私たちはあまり人に趣味を口外したくないタイプだったから、使用人に頼むということもしていなかったし。

今までドモリ・オリエの舞台化作品は、必ず初日初回公演を観に行っていただけに涙を呑んだし、どんな高額でも譲ってくれるのなら買い取りたかったが、そんな相手がいるはずもない。

結局、私も妹も（妹は、モーリ・リトがキャラクター原案だから行きたがった）ハンカチを噛んで悔しさに耐えたのだけれど……その幻のチケットが目の前に!?

「……」

降って湧いた幸運が信じられなかったが、どう見てもチケットは本物だし、座席を確認すれば、一番良い席である二階のＳＳ席だった。

――嘘でしょ？　幻の二階ＳＳ席？

どうやったらこんな席を譲ってもらえるのか。

第二王子の権力というものを、思い知った心地である。

私はワナワナと震えながらもエミリオに聞いた。

「ど、どうしてこんなプラチナチケットをエミリオが貰えるの？」

「どうしてというか、劇場のオーナーと知り合いなんだ。今日、偶然会った折りに、よかったら奥様とどうぞと貰ってな。せっかくだから誘ってみたのだが、迷惑だったか？」

「迷惑なんて！　是非、同伴させてちょうだい!!」

千載一遇のチャンスを逃すような真似、するものか。

推し活仲間の妹には申し訳ないが、チケットは二枚しかないし、誘われたのは私。

心の中で妹に謝りつつも、目の色を変えてエミリオに迫ると、彼は動揺したように一歩下がった。

「そ、そうか」

「絶対に！　何がなんでも行くから‼」

「あ、ああ。……そんなに行きたい演目だったのか？」

「そうなの‼　行きたかったけど人気すぎてチケットが買えなくて……」

ギュッとチケットを握り締めながらも涙目で告げると、エミリオは「よ、よかったな」と驚いた顔で言いつつも、どこかホッとしたように頷いた。

チケットを何度も確認し、エミリオに礼を言う。

「嬉しい……ありがとう、エミリオ」

一度諦めただけに喜びは大きかった。

エミリオがふっと笑う。

「いや、お前が喜んでくれたのなら何よりだ」

柔らかい笑い方にドキッとしたが、これはいつものことだと自分に言い聞かせた。

とにもかくにも、行きたかった舞台に行けるというのが一番大事。


――どうして、このチケットをエミリオが手に入れることができたのか。

すでにソールドアウトしてしまっている超人気のチケット、しかも一番良い席をこの時期にあっさりと貰えた……なんて。

たとえ第二王子といえども、簡単ではなかったはず。それなのにエミリオはさらりと「貰った」と言っていた。

その言葉の意味をもう少し真面目に考えていれば、この先の展開も色々違ったのかもしれないけれど、この時の私は完全に喜びに支配されていて、舞台を観に行けることしか考えられなかった。

第三章　知りたくなかったこの事実

「うふ……うふふふ……」

「気持ち悪いな」

「うるさいわね」

馬車の中で、気味悪く笑う私にエミリオが呆れたような目を向けてくる。それをすげなくいなし、私はまたうふうふと笑った。

今日は、待ちに待った観劇の日。

『テレス戦記～愛と希望の物語～』の舞台公演の初日だった。

一週間前から浮かれに浮かれていた私をエミリオは気味悪いものを見るような目で見ていたが、全く気にならなかった。

だって、行けないと諦めていたチケットが手に入ったのだ。多少気味悪いと思われたところでなんだというのだろう。それ以上の喜びに包まれていた私は、なんのダメージも負わなかった。

私は屋敷から持ってきた原作小説を胸に抱き、うっとりと告げた。

「予習は完璧。あれから原作を十回以上は読み込んだもの。ああ、どんな舞台になるのかしら。すごく楽しみだわっ」

「……お前、相当浮かれているが、大丈夫か？」

心配そうに聞いてくるエミリオは、白いシャツ、白地に銀色の刺繍があるベストに、丈の長い紺色のフロックコートという服装をしていた。それにクラヴァットを巻き帽子をかぶり、ステッキを持っている。

男性が観劇する時に推奨される格好だ。私もきちんとドレスアップしている。

着ているドレスはエミリオが用意してくれたものだが、その色は彼の髪色を思い起こさせるようなシルバーだった。

細身のドレスはウエストがキュッと絞られており、だけども裾が綺麗に広がり美しい。

胸元が大きく開いているデザインなので、それに合わせるようにネックレスをつけた。大粒のダイヤが美しいこれも、エミリオがくれたものだ。

最初はもちろん遠慮したのだけれど、第二王子の妻に見窄《みすぼ》らしい格好はさせられないと言われて受け取った。

肘まである手袋を嵌め、扇を持ち、髪もアップに結い上げた今の私は、第二王子の妃として、それなりに見栄えがするのだろうと思う。

そんな私が大はしゃぎで、今日の演目について語っているのだから、ちょっと心配されるのも仕方ないかもしれない。

「大丈夫よ。観劇中は大人しくしているから」

「それは心配していない。オレが言っているのは今のことだ」

「だって本当に嬉しかったのだもの。ありがとう、エミリオ。私、この演劇が観たかったの。自分ではチケットを取れなかったから本当に嬉しいわ」

笑みと共に心からの感謝を告げる。

エミリオは一瞬、呆《ほう》けたような顔をしたが、すぐにいつも通りの表情に戻ると口を開いた。

「礼は前にも聞いたが」

「何度でも言いたいの。だって今でも夢を見ているような心地だもの」

「それだけ喜んでくれれば十分だ」

青い瞳が甘く揺れる。

その優しい甘さにまたドキドキしてしまう自分を誤魔化すように、私は持っていた原作小説を更に強く抱き締めた。

◇◇◇

私たちに用意された座席は、当たり前だが、ものすごく良い場所だった。

さすがSS席……というか、下手をすればこれは関係者席。とはいえ、劇場のオーナーから直接貰ったという話だから、関係者席でもおかしいとは思わないのだけれど。

通常の席はソールドアウトしている ことを考えれば、最初から確保してある関係者席になるのはむしろ当然であると言えた。

ドキドキしながら座席に腰かける。

始まるまでまだ、三十分ほどあった。場内も明るいので、入場時に買ったパンフレットをぱらりとめくる。

主役のヒーローとヒロインの姿が見開きに載っており、一瞬でテンションが上がった。

挿絵で見たままの格好をしている。

髪色や瞳の色もできる限り寄せてくれていて、この舞台の関係者たちが原作をリスペクトしているのが伝わってきた。

嬉しさのあまり、隣に座ったエミリオに興奮気味に話しかける。

「すごい！　ね、ちょっと見て、このふたりイメージ通りよ！　一体どんな感じになるのか役者の発表があった時は正直不安だったのだけれど、きちんと原作を読み込んで寄せてくれたのね。これはかなり期待が持てるわ！」

「そうか、よかったな。……ところでパンフレットは見ていいのか？　ネタバレになるのでは？」

当然の疑問だったが、私は自信満々に答えた。

「大丈夫。この舞台の元となった小説の作者って、他もいくつか舞台化しているのだけどね。どのパンフレットも最初の登場人物紹介のところだけはネタバレ配慮してくれているの。しかもネタバレになりそうなところからは、ちゃんと注意書きをしてくれている。だから安心ってわけ」

「……詳しいな」

「当たり前でしょ。言ってなかったっけ？　私、原作者の大ファンで全作品完璧に網羅してるから！」

テンションが高くなっている自覚はあったが止まらない。

「エミリオは、原作は読んだ？」

「あ、ああ。観劇するのなら事前知識は必要だろう」

「まだ読んでいないならあとで貸してあげようかと思ったんだけど、読んでいるのなら必要ないわね。原作を知っている方が断然楽しめると思うから、読んできて大正解だと思うわよ！」

「そ、そうか」

「これはシリーズものだけど、どこまで読んだの？」

「……最新作まで一通りの知識はある」

「すごいわね！　そういう努力をちゃんとしてくれるのって有り難いわ！」

この戦記物は十巻以上続くシリーズなのだ。それを最初の一作だけでなく、全作履修してきたのは素晴らしい。

どうやらエミリオは観劇のマナーを知っているようで、そういう人と一緒に来られたのは素直に嬉しいと思った。

そのせいか、作品についての語りが止まらない。気づけば、作品のどの部分が好きかなどを熱く話し続けてしまった。

「――とまあ、こんな感じで、私はこのキャラが……あ」

ようやく自分がひたすら推し語りをしていたことに気がついた。

さっと顔が曇る。

実は、以前にも一度似たようなことをやらかしてしまったことがあるのだ。

私の前の婚約者であるベナルド。

彼にその時読んでいた本のことを聞かれ、つい興が乗り、熱量のこもった声で長々と話し続けてしまった。その時の彼の顔は今も忘れられない。

彼はドン引きしきった表情で私を見て、言ったのだ。

「少し聞いただけで延々と話し続けるとか、頭がおかしいんじゃないか？」

馬鹿にしている感じではなく、あれは完全に本気で言われていた。

正直、一瞬で我に返るほどショックだったし、それ以来、絶対に自分のオタクな部分は他人には見せないと固く決意した出来事だった。

一般人は、ひたすら好きなものについて語り続けはしない。それを胸に刻んだのである。

そのはずなのに――。

「あ、あの……その……」

気づけばやってしまっていた。

後悔しても遅い。

オタクな自分を晒《さら》さないようにしようとずっと気をつけていたというのに、観たかった舞台に連れてきてもらった喜びと、彼が作品を予習してくれていた嬉しさから、つい本性を曝《さら》け出してしまった。

エミリオをおそるおそる見る。

ベナルドの時みたいに、ドン引きされているのだろうなと思った。

「ええと、今のは――」

どう言い訳するべきか。

なんとか誤魔化そうと口を開く。だが私が何か言う前にエミリオが先に言った。

「なんだ、もう終わりか。なかなか楽しかったぞ。よければ、観劇のあとにでも、もう少し話してくれると嬉しいな」

「えっ……いいの？」

予想していたのと真逆の答えが返ってきて目を丸くした。

エミリオはドン引きどころか、かなり楽しそうな顔をして私を見ている。その表情は自然なもので、無理に私に合わそうとしている感じはない。

そのことにとても驚いた。だからつい言ってしまう。

「今の……引かなかったの？」

「引く？　何故だ。お前が如何にこの作品を愛しているのか伝わってきて、こちらも楽しい気持ちになったのに。引く必要などどこにもないだろう」

「……」

心底不思議そうに言われ、目を瞬かせる。

「え、ええと……」

「是非、見終わったあとの感想も聞かせてもらいたいものだ。実際に観てお前がどう思ったのか、知りたい」

「も、もちろんよ！」

柔らかい笑みと共に告げられた言葉に、反射的に返す。

一瞬、社交辞令の一種かと思ったが、彼の声音にも表情にも本気の色しか見えなかった。

――馬鹿にしないの？

ベナルドは推し語りをする私にドン引きし、そのあと、大いに馬鹿にしてきたのに。

小説なんかに馬鹿みたいに夢中になって愚かだ、お前はもっと現実を見た方がいい、なんて言って嘲笑《あざわら》われたのに。

ちなみにその出来事があってから、余計にベナルドのことが嫌いになったし、彼の話をまともに聞く気がなくなったのだけれど、それは置いておく。もう終わったことだし、今となればどうでもいい話だからだ。

「うん？　どうした？」

じっとエミリオを見ていると、私の視線に気づいた彼が小首を傾げる。

慌てて首を横に振り「なんでもない」とだけ告げた。

「……」

気づけば口元が緩んでいた。

――そう、引かないんだ。むしろ、もっと聞きたいって思ってくれるのね。

ベナルドとは正反対の反応をしたエミリオに、嬉しい気持ちが溢れてくる。

この人は、ベナルドとは違う。

私が好きだと思っているものを馬鹿にしたり、ドン引きしたりしないのだ。きちんと尊重してくれる。それがとても嬉しい。

――好き、だな。

自然とそう思った。

今までも、エミリオと過ごして不快に感じたことは一度もなかったが、はっきり好きだと感じたのは今回が初めてかもしれない。

とはいってもこの『好き』は恋愛感情ではなく、ひとりの人間としての『好き』なのだけれど。

だけどこれまでエミリオに対してフラットだった自分の感情が、この件で『好き』に傾いたのは確かだった。

それくらい、嬉しかったのだ。

私にとって、今までの彼は契約に誠実で、あと何故か妙に甘いことを言う、ちょっと困ったところのある人だった。それが、今回のことで、好きだと思える人になった。

この『好き』がこの先どう変化していくかなんて、今の私には分からないけれど。

でも、結婚相手が素直に好きだと思える人でよかったと思ったのは確かだった。

◇◇◇

「ああ、面白かったわ！」

観劇が終わり、帰りの馬車の中、私は興奮気味にエミリオに話しかけていた。

どうしても観たかった舞台。それは、今まで観た舞台の中でも、一、二を争うレベルで素晴らしかった。

役者は完全にキャラを摑んでいたし、魅せ方もよかった。

心配していたシナリオもきちんと原作をリスペクトしたもので、これは違うと眉を顰《ひそ》めるような場面もなかった。

多少のオリジナリティーはあったが、十分許せる範囲内のもの。おそらく原作者がきちんと監修しているのだろう。

むしろ新たな解釈のお陰で、よりキャラクターたちを知った気分だ。

「まるで夢でも見ているかのような気持ちだったわ。始まったと思ったら、二時間ほどがあっという間に過ぎ去って……終わり方もよかったわね。あの感じだと続編を期待してもいいのかしら。今回の役者さんたちに続けてもらえれば嬉しいのだけれど」

舞台が終わり、馬車に乗ってからずっと喋り続けている。

普段の私ならもっと自重するのだけれど、観劇前にエミリオに引かれなかったことと、感想を聞かせて欲しいと言われたこともあり、止まらなかったのだ。

あと、少しでも嫌な顔をされたらきっと口を噤《つぐ》んだだろうけど、エミリオはずっと楽しげで、むしろ「それで？」と更に続きを要求するようなことばかり言っていたから、間違いなく私の語りを助長させた原因は彼である。

「基本はヒーローとヒロインの恋愛がメインだけど、ヒーローの友人関係についてもきちんと尺を取ってくれたのが嬉しいわ。きっとメインとは関係ないって削られるんだろうなと思っていたから。ああ、ちゃんと原作を読み込んでくれているんだなって感じられてよかった」

どうしても恋愛ものは、そちらにばかり焦点が当たってしまう。それはそれでいいのだけれど、サブキャラたちとの絡みがあると、主人公たちの新たな一面を見つけることができたりして楽しいのだ。

実に素晴らしい舞台だった。

可能ならば、二回、三回と行きたいし、きっと行くたびに新たな発見があるのだろうと思えた。

「ロングランになってくれれば、またチケットも買えるようになるのだけれど、どうかしらね……」

また行きたいという気持ちを込めて告げると、エミリオはやけに上機嫌で答えた。

「どうだろうな。ただ、可能性はあるんじゃないか？」

「そう？　そう思う？」

「ああ。前に、劇場のオーナーに聞いたが、チケットを買えなかった者たちから嘆願書が届いて、ロングラン公演になるかもと言っていたから」

「本当⁉」

嬉しすぎる話に飛びついた。

どうしてそんな、関係者にしか分からない話をエミリオが知っているのかとも思ったが、劇場のオーナーなら話を聞かされていても当然だし、第二王子に話すくらいはしそうだ。

そして第二王子に出鱈目《でたらめ》は言わないだろう。つまり、公演が延長される可能性は十分すぎるほどあるということで——。

「わ……次こそチケットを取らないと」

今度こそと決意を込めて告げると、エミリオがなんでもないような口調で言った。

「また行きたいのなら、用意させるが」

「っ！　そ、そういうのはズルだと思うから、やっぱり自分で頑張りたいの！」

有り難い、と思った気持ちを押し隠して告げる。

今回は同伴させてもらったが、基本的にはチケットは自分でとりたいし、そういうものだと思っている。

それに。

「関係者からのチケットじゃ、貢げないじゃない。私はこの作品に貢ぎたいのよ。舞台のチケットを買って観劇する。私が支払ったお金がゆくゆくは原作者にも回っていく。そういうのがいいのよ」

バシッと告げる。だが返ってきたのは意外な言葉だった。

「……残念だが、チケット代は原作者には入らないぞ」

「えっ……そうなの!?」

勝手に、原作者の懐に入るものと思っていた。

驚く私にエミリオが続ける。

「原作者に入るのは、原作使用料のみだ。チケット代は舞台を行っている劇場や団員たちに還元されると思うが」

「原作使用料……そっか、確かに」

とても納得のいく話だ。

チケット代は劇場や団員たちに。

考えてみれば当然だと思う。

とはいえ、私のスタンスは変わらない。

私は自信を持ってエミリオに告げた。

「でも、チケットを買うことで、この舞台は人気があると思ってもらえるでしょ。そうしたら劇場側も儲かるなら続編を作ろうって話に繋がるから……やっぱり私がお金を支払う意味はあると思うの。続編が作られるなら、その……原作使用料？　ってやつもまた入ると思うし」

「なるほどな」

続けて、と彼の目が言っていることに気づき、話を続ける。

「そ、それにね、たくさんの人に知られることになるから、原作ファンも増えると思うの。小説を読んでみようかなと書店に行って本を買う人が増えたら、原作者に印税収入が入る。どう？　チケット代が原作者に入らなくても十分意味はあると思わない？」

話を聞いたエミリオが酷く楽しそうに笑った。

馬鹿にした笑い方ではないので腹は立たない。

「そうだな。確かに印税は原作者には大きいだろう」

「でしょ」

「……オレはよく知らないが、ファンが増えるのも嬉しいことなんじゃないか？」

「……うん」

「きっと、原作者は喜んでいると思う」

最後の言葉を、目を見つめられながら優しく言われ、少し照れた。

――うう、甘い。

声と目が、非常に甘い。

しかし、これだけ好き放題話したのに本当に引かれなかったことには吃驚《びっくり》だ。

なんだか、素の自分を見せることを許されたような心地。

妹以外では味わえなかった感覚だ。

エミリオは私のようなオタクではないのに。

彼は妹とは違うのに、私はすっかり安心しきって話している。

これはあまりよくないことだし、これ以上は絶対に見せるつもりもないけれど。

今日だけでも結構なところを見せてしまった気もするが、それでも私が重度のドモリ・オリエファンだということは隠したい……いや、隠せているのか？

「……」

あまり考えたくない結論が出たが、無視しよう。これは今日限りの話だ。

明日からは、今まで通りの私で挑めばいい。そうすれば、やがてエミリオも今日のことを忘れてくれるだろう。

うん、それが当然だし、是非！　そうして欲しい。

とはいえ、今夜の舞台についてなら今更だ。我慢するのもおかしな話だし、もっと話してもいいだろう。

その点に関してはすっかり振り切れてしまった私は、結局屋敷に帰るまでの間、ずっと作品についてエミリオに熱く話し続けていた。

◇◇◇

エミリオの印象がかなり上方修正された観劇。その後も、彼は色々な場所に私を誘ってくれた。

好印象を抱いている相手とのお出かけだ。

どれもとても楽しかったのだけれど、相変わらずエミリオの甘々攻撃は続いており、それだけは心臓に悪いし、勘弁して欲しかった。

今日もエミリオの視察の仕事についていったのだけれど、その帰り、彼に近くの湖に行ってみないかと誘われた。

「湖？」

「ああ。今の季節、湖畔に花が咲いていてな。ちょうど見頃を迎えているのだ」

「へえ」

「ここから十分ほど行ったところにある。寄り道というほどの距離でもないし、行ってみないか？」

「ええ、是非」

花を見るのは好きなので、頷く。

連れて来られたのは王都のすぐ近くにある大きな湖で、側には色とりどりの紫陽花《あじさい》が咲いていた。

「綺麗……」

「普通に見るだけでも美しいが、せっかくだ。ボートに乗るぞ」

「え、ボート？」

手を引っ張られ、蹈鞴《たたら》を踏む。

驚く私を尻目に、エミリオはボート乗り場へと連れて行った。

大きな湖なので、ボートの貸し出しをしているのだ。

実際、何艘《そう》かのボートが湖に出ている。

エミリオはさっさと手続きを済ませると、ふたり乗りのボートに乗り込んだ。訳が分からないまま、私も同乗する。

エミリオが慣れた手つきでオールを使ってボートを漕ぎ出した。

「わ……」

ボートが動き出す。ボートに乗ったのなんて生まれて初めてだったので驚いた。

思った以上に揺れる。

「ひ、わ、わ、わ……」

「大人しくしていろ。落としたりはしないから」

「わ、分かってるけど……」

エミリオの落ち着きぶりを見ていれば大丈夫だというのは分かるが、何分初めてのことで勝手が分からない。

彼がオールを漕ぐたびにボートは勢いよく進み、そのたびに船体が揺れるのが怖いのだ。

それでも十分もすればさすがに慣れる。湖の真ん中まで来た頃、エミリオが言った。

「ほら、見てみろ」

「え……わ……」

エミリオの示す場所を見て、目を丸くする。

湖畔の木々が水面に、まるで鏡のように映っていた。

緑色の葉や、その中に咲く小さな花が鏡面に美しく揺らめいている。

日の光を浴びた水面はキラキラと輝いていて、あまりに幻想的な風景に、思わず見入ってしまった。

「素敵……」

「ボートから見るこの景色がオレは一番好きなんだ。普通に紫陽花を見るのもいいが、水面に映し出された木々もなかなかおつなものだろう？」

「本当……すごく綺麗」

この湖で、何故ボートが貸し出されているのか分かった気がする。

こんな風景が見られると知れば、誰だってボートに乗りたくなるだろう。意外と乗っている人数が少ないのは、多分、あまり知られていないからなのだろうなと思った。

ぼうっと水面を見つめる私にエミリオが言う。

「この景色をお前に見せたかった」

エミリオに目を向ける。彼は私を真っ直ぐに見つめていた。

「エミリオ……あの……」

「だが、水面に映る木々よりも、それに見入るお前の方が美しいな。キラキラと瞳が輝いて、吸い込まれてしまいそうだ」

「……」

口説かれているのかと思ってしまうような台詞に一瞬で顔が赤くなる。

心臓がバクバクと脈打ち、痛いくらいだ。彼の目は優しく蕩《とろ》けるように私を見つめていて、まるで小説の挿絵のシーンか何かかと思ってしまった。

——だ、だから心臓に悪いんだって！

嫌だとは言わないし、顔立ちが恐ろしく整っているので眼福なのだが、直接攻撃は辛いのだ。

できればもう少し離れたところから観察させてもらえれば素直に楽しめると思うのだけれど、彼は私に向かって言っている。しかも冗談ではなく本気で言っているのが伝わってくるから、どうしたって意識してしまうのだ。

――か、顔のいい人は得よね……。

ボートに乗っての甘い台詞。普通の人なら笑ってしまうところであっても、エミリオが言うと恐ろしいほど決まってしまう。

そしてふと、気がついた。

――なんか、今の私たちって、本物の夫婦みたいじゃない？

しかも結構なイチャイチャ系の。

――いやいやいや、あり得ない、あり得ない、あり得ない。

必死に思考を打ち消す。

「……どうした？」

「な、なんでもないの！」

顔を赤くしたままアワアワし始めた私に、エミリオが怪訝な顔で聞いてきた。それをなんとか誤魔化す。

だって、こんなことエミリオに言えるはずないではないか。

――ああ、早く解放されたい。

逃げ場のない今の状況が辛い。

私は一刻も早く、この時間が終わってくれることを心から祈った。

◇◇◇

──そんな生活が続き、なんだか感覚が麻痺してきたかもしれないと思い始めたある日、私は自室でひとり悩んでいた。

悩みの内容は、ここのところずっと思っていること。それは──。

「……最近の私たちって、絶対に本物の夫婦にしか見えないよね」

これである。

一緒に視察についていって、そのあとに甘々デートとか、誰が見たって仲のいいイチャイチャ夫婦だと思うだろう。

前にも感じたことだが、最近特にそう思うことが多くなっているような気がしていた。

「いやいやいや、私たちはただの契約結婚の関係でしかないんだけど」

だが、それにしては一緒に出かける頻度も高いし、距離もすっごく近いような気がする。

「……」

考える。

最初は視察のあとに『付き合ってくれたお礼』としてカフェやなんやらに出かけていた。だけど最近は普通にお出かけとして誘われていることが多い。

美味しいケーキを出すカフェがあるらしいから行ってみないか、とか、近くの丘でピクニックをしないか、とか。

「うん？　うん？」

首を傾げる。

エミリオのことは好きなので、特に忙しいとかではない限りはハイハイと付き合っていたが、どう考えてもおかしい。

別に仲がよくて悪いわけではないのだが、私たちは契約関係にあるだけだぞ、と今更ながらではあるが思ってしまう。

「そうよ。私たちはお互い都合がいいから結婚しただけ。それだけの関係なんだから」

事実を言葉にする。

何故か胸がツンと痛んだ。涙が滲み出てきて、ギョッとした。

「え、え？」

まるで契約結婚の間柄であることを悲しんでいるかのような自らの反応に、自分が一番驚いた。

どうして嘆く必要がある。

私は今の生活を悪くないどころか、最高だと思っているのに。

それは心から言えることで、だからこそ自分が泣いた理由が分からなかった。

「……気にしても仕方ないわ」

ゴシゴシと目を擦る。

泣いても何かが変わるわけでもない。

紛らわしい涙は消してしまって、楽しいことでも考えよう。

そう思ったところで、昨日、ドモリ・オリエの新刊を買ったことを思い出した。

三ヶ月ぶりの新刊は、シリーズものではなく、読み切りだったのだ。

王子様と貴族令嬢の恋愛模様を描いた話。

ドモリ・オリエが描く王侯貴族たちは、実際その立場にいる私から見てもリアリティーに溢れていて説得力があり、嘘くささが全くなかった。

だから読むのも楽しいのだけれど、やはりドモリ・オリエはどこかの貴族だったりするのかもしれない。

「それならもしかしたら、どこかの夜会で会っているかもしれないわね」

貴族社会は広いようで狭いから、会ったことがあっても不思議ではないのだ。

一体誰がドモリ・オリエなのか気になるところだけれど、本人は隠したがっているのだ。それを暴くような真似はしてはいけない。

買ってきた本を持って、窓際の肘掛け椅子に腰かける。膝にブランケットをかければ、楽しい読書タイムの始まりだ。

「楽しみ」

真新しい本のページをめくる。

気を紛らわすには読書が一番。

すぐに私は本の世界に引き込まれ、その世界観に夢中になった。

◇◇◇

「……あれ？」

違和感を覚えたのは、読書を始めて三十分ほどが過ぎた頃だった。

ドモリ・オリエの新作は王道の恋愛もの。

王子が令嬢を見初め、イチャラブなカップルになっていく様をニヨニヨとしながら楽しんでいたのだけれど、どうにも既視感があったのだ。

それはヒーローである王子とヒロインの令嬢が距離を縮めていく場面。

王子は令嬢を様々な場所に誘い、これでもかというほど甘い台詞を吐きながら、彼女の気持ちを自分の方へと向けていこうと頑張るのだけれど、その誘った場所が問題だった。

まず、ヒーローが令嬢を誘った場所は、牧場。

視察があるから一緒に来て欲しいと彼女に頼み、直轄地の牧場を訪ねたのだけれど、そこでふたりは牧場で飼われている猫と戯れ、楽しげに笑い合っていた。

「ん？」

どこかで聞いたことのある話だと思ったが、気にせず読み進める。

次に首を傾げたのは、牧場帰りにアフタヌーンティーを食べに行ったシーンだった。

ヒロインはマンゴーが好きなようで、ヒーローは彼女のためにマンゴーのアフタヌーンティーを事前に予約していた。それを彼女はとても喜んだのだけれど、そこでイチャイチャシーンがあったのだ。

ヒロインの頬についたクロテッドクリームをヒーローが指ですくい取るという、ここは挿絵シーン間違いなしだと言いたくなる、絶好の甘々描写が。

だけど、それを読んでいた私は素直に萌えることができなかった。

何故って、つい数ヶ月前、同じ体験をした覚えがあったからだ。

牧場で猫と戯れたあと、マンゴーのアフタヌーンティーを食べる。あと、頬についたクロテッドクリームを指ですくい取ってもらう。

全部エミリオとしたことである。

「いや……いやいや、偶然でしょ」

偶然と片付けるには一致するシーンが多すぎたが、デートプランとしては珍しくもないはず。

そう思い直した私は気にしないようにして続きを読み続けたのだけれど、そのあともすごかった。

ヒロインと観劇したり、ボートで湖に映る木々の景色を楽しんだり。

もういちいち私がエミリオと体験したことがそのまま、まるで見てきたかのように書かれているのである。

「?？」

意味が分からなくなり、一旦本を閉じた。

何故、ドモリ・オリエの新刊に、私とエミリオのしてきたことがそっくりそのまま書かれているのか。

ひとつふたつ同じものがあったのなら、ギリギリ偶然と片付けることができた。だけど、ここまで色々なことが一致してしまうと、何かあるとしか思えない。

しかも一致するのはシーンだけではなく、そこで起こった出来事も、なのだ。

いつの間にか小説ではなく、他人の書いた自身の日記を読まされているような気持ちになっていた。

「……どういうこと？」

王子と令嬢の恋模様。ふたりが距離を縮める様々なデートシーン。

それがどうして全て私とエミリオのしてきたことと重なるのか。

しかも、台詞まで微妙に似ている気がする。

こんなの、その場にいた当事者でなければ絶対に書けないであろうと確信したところでハッとした。

――え、当事者？

「……ちょっと待ってよ」

この場合、当事者というのは私とエミリオのことを指す。

そして私の方に、これらの出来事を誰かに話した記憶はないのだ。

いや、妹には少し相談を兼ねて話したけれど、当然全部ではないし、ここには妹が知らないことも書かれてある。

となると、だ。

「エミリオが、ドモリ・オリエに情報を提供したか、彼がドモリ・オリエということになるんだけど……って、さすがにないわよね」

うん、ない。

王子が自身のプライベートを作家に切り売りするとは考えられないし、エミリオがドモリ・オリエだなんて、輪をかけてあり得ないと思う。

だってあのエミリオが複雑に絡み合う恋愛模様を何冊も書く作家とか。

第二王子として日々忙しく過ごしているエミリオが、人気恋愛小説家とか無理がありすぎるだろうと思うのだ。

「ははっ、ないない」

絶対に私の考えすぎだ。

間違いない。

そう思うのに、一度『もしかして』と思ってしまうと、完全に疑いを晴らすことができない。

だって、あまりにも書かれてあることが被っているのだ。

作家本人でなかったとしても、少なくともドモリ・オリエとなんらかの関係があるのではないか、なんて疑ってしまう。

「ない、ないない……うん、ない、よね？」

自分に言い聞かせるように何度も呟くが、どうにも納得しきれない。

特に、観劇について思い出してしまえば、今更ながら『どうしてチケットを手に入れられたのだろう』なんて疑問が湧き出てしまう。

──原作者だったから？

だからこそのあの席だったというのなら納得だけど──と思ったところでハッとした。

「違う！　違う違う違う！」

エミリオがドモリ・オリエなんてあり得ないと、さっき自分でも言ったではないか。

しかし、これはまずい。

なんらかの結論を得なければ、ずっと気になったまま日々を過ごすことになるだろう。

疑いの気持ちは大きくなり、そのうち爆発するのは目に見えている。

──気になる。どうしたって気になってしまう。

「……」

無言で肘掛け椅子から立ち上がる。

本を近くのテーブルに置き、ふらふらと自室を出た。

自分が今、何をしているのか、正直あまり自覚がない。

完全に無意識から来る行動だった。

そのまま二階の反対側にある部屋へ向かう。

エミリオの部屋は私とは正反対の方向にあるのだ。

更に言うなら、今日エミリオは出かけていて、帰りは夕方になると聞いている。

今、彼の部屋には誰もいない。

使用人と鉢合わせでもすれば我に返れただろうに、不思議と誰とも会うことなく、エミリオの部屋の前まで辿《たど》り着いてしまった。

「……」

ごくりと唾を飲み、ドアノブに手をかけ回す。何故か鍵はかかっていなかった。

ここを開ければ、私の疑問が解消されるかもしれない。

そう、開ければ全ては解決する——。

そう思ったところで、ようやくハッとした。

「わ、私、今、何を……」

慌ててドアノブから手を放す。

無自覚とはいえ、自分のしようとしていたことが信じられなかった。

他人の部屋に勝手に入ろうとするとか、あり得ない。

しかも互いの部屋に入らないというのは、契約結婚の条件にもあり、私自身それを重要視していたくせに。

自室は完全なプライバシー空間。それを覗《のぞ》かれるとか、とんでもない話だと今だって思っているし、もしそんなことをされたら離婚案件だ。烈火の如く怒る自信しかなかった。

そんな最低なことを無意識ながらもしようとするなんて、自分を思い切り殴りつけてやりたい気持ちでいっぱいだった。

「……私、最低」

自分がされて嫌なことを、人にしてはいけない。

当たり前のことだし、そもそも約束を破ろうなんて絶対にやっては駄目なのだ。

それなのに私は、自分の知りたいという欲望だけで彼の秘密を覗き見ようとした。

人として最低だ。

「……駄目。一度頭を冷やした方がいいわ」

自分が冷静でなかったことに気づき、ため息を吐く。

そもそも、エミリオがドモリ・オリエだなんて思いつき自体がおかしい。

いくらなんでも発想の飛躍がすぎるというものだ。

小説に書かれていたことは全てが偶然。

きっとそうであるに違いない。

エミリオとドモリ・オリエにはなんの関係もない。

それが真実で、それ以上の真実などあるはずがない。

「そう、そうよね。今日の私、ちょっとおかしいわ」

自室に戻って、使用人を誰か呼んで、ハーブティーでも淹《い》れてもらおう。

そうすれば気持ちも落ち着くはずだし、馬鹿な考えも消えるはず。

そう思った——のだけれど。

「あ……」

先ほどドアノブに触れたことで、扉が開いてしまっていた。

キイと扉が音を立てて内側に開いていく。それを閉めようと慌てて手を伸ばし――体勢を崩した。

「うわっ……！」

見事にドアノブを摑み損ねた私は、バランスを崩した拍子に部屋の中に転がり込んでしまった。

絨毯の上に派手に倒れる。

「いったあああ……」

膝を思い切り、床に打ちつけてしまった。

あまりの痛みに顔が歪《ゆが》む。

身体を起こしながら、膝に触れた。

幸いにも血が出ているとかはないようだが、膝はジンジンとした痛みを訴えていた。

「ううう……青アザにならなければいいけど」

痛みを堪《こら》え、立ち上がろうとしたが痛すぎて無理だった。仕方なく近くにあったソファを摑みながらなんとか立ち上がることに成功する。

「はあ……え……」

顔を上げる。

偶然、見えてしまったのは、窓際にある彼の仕事机。そこには先ほど私が読んでいた新刊が何冊も積み上げてあった。

正確な数は分からないが、その数ざっと二十冊ほど。

「へ……なんで同じ本が何冊もあるの？」

ドモリ・オリエを推している私ですら買わない冊数に目が丸くなる。

一瞬、私を超えるドモリ・オリエのファンなのかと思ったが、それにしては乱雑な置き方だ。

意味が分からなすぎたが、一冊だけ、開いている本があった。

本は閉じないように端を文鎮のようなもので押さえられており、羽根ペンが無造作に置いてある。

そこには『ドモリ・オリエ』とサインが書かれてあって――。

「……は？」

――ドモリ・オリエのサイン本!?

間違いない。あれはドモリ・オリエ本人の直筆だ。

私もドモリ・オリエのサイン本を持っているから分かる。

「え、え、え？」

――どうしてドモリ・オリエのサイン本がこんなところにあるの？

信じられない気持ちで机に駆け寄る。

勝手に部屋に入った罪悪感などとうに消え失せていた。

だってそれどころではなかったのだ。

表紙の裏側に綺麗な文字で書かれたサインには、まだ日付が入っておらず、書きかけであることが分かる。

ドモリ・オリエのサイン本には必ず日付が入る――。

それを知っていた私は、己の口の中がカラカラに乾いていくのを感じていた。

——まさか、まさか、まさか。

あり得ないと思っていたことが、真実として今、私の目の前に突きつけられている。

現実逃避するように、机の隣に据えられていた本棚に目を向ける。

更なる衝撃が私を襲った。

そこにはドモリ・オリエの本が並べられていた。

処女作から最新作まで一冊ずつ。それは別におかしくない。

私が衝撃を受けたのは、その隣の棚に突っ込まれていたものだ。

本棚だというのに、そこには本が入れられていない。その代わり、書類の束がぎっちりと突め込まれていたのだけれど、私にとって恐ろしいことにそれは書類なんかではなかった。

「ひっ……！」

ドモリ・オリエの手書き原稿だ。

ぱっと見えたのは数行ほどだったが、私はドモリ・オリエのオタクなのだ。彼の小説は暗記するほど読み込んでいる。ほんの数行であろうと、ドモリ・オリエの作品であることは分かるし、そもそも筆跡がサイン本と同じだった。

「あ、あ、あ、あ……」

頭の中が酷く混乱している。

どうにも耐えきれず、数歩下がった。そのまま転がるように部屋の外へと飛び出す。

「ああああああ！」

泣きそうになりながら、自室へ駆け込んだ。

「嘘だ、嘘だ、嘘だ……！」

扉を閉め、震える手で鍵をかける。

ずるずるとその場にしゃがみ込んだ。とてもではないけれど立っていられなかったのだ。

肩で呼吸を繰り返し、小さく呟く。

「……エミリオがドモリ・オリエ？　嘘でしょ……」

出た声は驚くほど酷く掠《かす》れていて、自分が如何に動揺しているのかがよく分かった。

第四章　推しと結婚なんてあり得ないんです！

「はっ、はっ、はっ……」

荒く呼吸を繰り返す。

自室に逃げ帰った私は、絨毯の上で蹲《うずくま》り、ガタガタと震えていた。

偶然、知ってしまった恐ろしすぎる真実。

それはエミリオが、私が推しに推している今をときめく恋愛作家、ドモリ・オリエだったということ。

今まで考えもしなかった恐るべき事実を知った私は、未《いま》だ立ち直ることができないでいた。

「だ、だって……エミリオがドモリ・オリエ先生だなんて……」

ドモリ・オリエといえば、私の推しであり、私の生きる意味。

彼の作品を読むことが私の生きがいで、日々の生活を彩ってくれる崇高なる存在なのだ。

いわば、神とも崇《あが》めている人。

そんな人物がまさかこんな身近にいて、しかも夫だったなんて、俄《にわか》には信じられなかった。

「どうしよう……どうすればいい？」

部屋に戻ってから同じ言葉しか繰り返していない気がする。

それだけ私が動揺しているということなのだけれど、当然のことながら、なんの結論も得られなかった。

「……」

何度も深呼吸をし、バクバクと激しく脈打つ心臓を必死に宥める。

未だ脳は混乱状態にあり、冷静だとはお世辞にも言えなかったが、いつまでも震えているわけにもいかない。

よろよろと立ち上がる。膝の痛みなんて、すっかりどこかに飛んでいっていた。

多分、麻痺《まひ》しているだけなのだろうが、気にしている余裕など、今の私にあるはずもなく。

「……」

ふらつきながらもソファに座る。ふかふかのソファに腰かけたことで、無駄に入っていた力が少し抜けた気がした。

近くにあったベルを鳴らし、この離れに勤める女官を呼び出す。

心を落ち着かせるためにハーブティーを頼んだ。

用意されたハーブティーを続けて三杯飲み干す。それでようやく少し血の気が戻ってきたような気がした。

「……それで、私はどうしたらいいの？」

女官が出て行った部屋でひとり呟く。

少し冷静になれば、色々と自分がヤバイことには気がつけた。

そもそも、ドモリ・オリエ云々《うんぬん》よりも、まず禁止されている部屋に勝手に入ってしまったことが万死に値する。

私がもしやられたら絶対に許さないと自信を持って言えるだけに、己のしでかしに頭を抱えた。

「入る気がなかった……なんて言ったところで意味はないわよね」

その前段階で扉を開けるためにドアノブを回しているのだから、見苦しい言い訳でしかない。

私はしてはいけないことをした。

それについては誠心誠意謝らねばならないだろう。

一瞬、秘密にするかと思ったが、そんなことをした日には、自分のことが許せなくなると分かっていたのでやめた。

潔く謝り、罰を受けるしかない。

私が悪いのだから、それは当然のことだ。

「で、まあ、入室の件はきちんと謝るとして、問題はエミリオの秘密を知ってしまったことよね」

頭を抱える。

本気で泣きそうだ。

人生を賭けて推している作家が、夫だった件について。

なんといっても、これが一番ショックだった。

「エミリオがドモリ・オリエ先生って……なんの冗談なのよ……」

国の第二王子が、恋愛作家を兼任しているとか、誰が想像するというのだろう。

だが、彼の部屋の様子から、エミリオがドモリ・オリエであることは明白で、今更否定することはできない。

第二王子であるエミリオ。

王子として日々忙しく活動している彼が、何故わざわざ作家活動をしているのか気にならないと言えば嘘になるけれど、今、考えることではない。

やはり一番問題なのは、彼が私の夫であるという点だ。

「うう……最悪」

これは本当に最悪だった。

だって私は妹と同じで、推しを遠くから応援したいタイプだ。

絶対に認識されたくない。

その他大勢のファンでいい。

ひとりの人間として見られることなど望んでいない。

ドモリ・オリエには幸せになって欲しいと思っているけれど、その幸せを私自身が与えたいとは思わないのだ。

私以外の誰かと幸せになってくれればいい。そして報告してもらえれば、私は「よかったね、お幸せに」と喜びの涙を流しながらご祝儀を奮発する。

そういう推し方がしたいし、それこそが幸せだと言い切れる。

それは妹も同じだから、賛同が得られることは間違いないし、だからこそ推しに自分の夫になって欲しいなんて、天と地がひっくり返っても思うはずがなかった。

先ほど、勝手に部屋に入った私が言っても説得力がないかもしれないが、本当なのだ。

それなのに、気づけば推し作家が夫になっていたとか。あり得なすぎて吐きそうだ。

そしてあと、もうひとつ。

観劇に行った時のことを芋づる式に思い出したのだ。

原作者に向かって偉そうに作品語りしてしまった、あのやらかしを……。

「うわっ、恥ずかしい……あり得ない……」

延々と作品について語ったし、なんなら事前に予習してきて偉い的なことも言った気がする。

「何が偉いよ……」

予習してきたどころか、物語を生み出した神本人ではないか。

「無理、本当無理……」

自分のやらかしが本当に辛い。

「ううう……」

自分の置かれた状況に気づき、酷い頭痛がする。

とはいえ、やってしまったものは仕方ない。幸い、エミリオは嫌な顔をしていなかったことだし、きっと「こいつ、めちゃくちゃオレのファンだな」くらいにしか思わなかったはず……だと信じたい。

「ただの痛いファンだものね……大丈夫、大丈夫……」

声が震えているが、なんとか言い聞かせた。

しかしどうにも言い聞かせられないものもある。

それが先ほどから私が問題視している『推しと結婚していた』の件である。

改めて考えてみてもおかしいとしか思えない。

「気づいたら推しと結婚して、一緒に暮らしているとか……は、はは……ない、あり得ない……無理。お願いだから私以外と結婚して……」

そうしてくれたら大喜びでご祝儀でも、お祝いに書籍百冊でも買って応援してみせるから。

あまりにも不本意なこの現状。

推しにファンだと知られてしまったことはこの際、百歩譲って目を瞑《つむ》るにしても、こちらの件だけはどうしたって一刻も早く解消しなければならなかった。

でなければ、私自身が許せない。

「離婚だ……離婚しかない。それしか選択肢は残されていない……」

推しと合法的に離れるには、離婚一択。

私の頭の中は『離婚』という文字で覆い尽くされていたし、幸いと言おうか、離婚に持っていけるネタも持っていた。

私が無断で部屋に入ったことだ。それを告げ、約束を破ったから離婚すると言えばいい。

もちろん、私が悪いので他にも償えと言われれば応じるつもりだけれど、離婚の理由にはなるだろう。

「いや……離婚の理由としては弱いし、こっちが悪いのに、私にとって都合いい展開に持っていくのは違うか……」

罪は罪。これは別として考えなければ。

それに、それにだ。万が一、エミリオに入室したことを許されてしまったら、この手段は使えないと思うし。

何せ加害者は私なのだ。

被害者である彼が「別に構わない」と言ってしまえば「だから離婚して」は通じないし、応じてもらえる可能性も低いだろう。

どちらにせよこの手段は使えない。そう思った。

「何かもうひとつ……離婚できる決定的な理由……理由」

必死に考える。

そうして頭を捻《ひね》らせた私は、ひとつ、とても良い案を思いついた。

「そうだ……！」

エミリオと契約結婚した際、私は色々条件が書かれた書類にサインをしたではないか。

その条件の中には先ほど私が侵してしまった『無断で相手の部屋に入らないこと』もあったが、それとは別に『どちらかに好きな人ができた場合、双方の同意を以て婚姻関係を解消することができる』というのもあった。

「これだ……これを使えばいい」

拳を握った。

もう、これしかない。

私に好きな人ができたことにすればいいのだ。

何せ、契約には『婚姻関係を解消することができる』と書かれてある。

婚姻関係の解消、つまりは離婚できるということ。

それはまさに今の私が望んでいることと言えた。

「別に好きな人なんていないけど……」

これが一番手っ取り早く離婚できる方策であるのは間違いない。

手段は選んでいられない。確実に離婚できるというのなら、使わないという話はないと思うし、簡単に離婚まで持っていけるだろう。

だって契約にそう書いてあるのだから。

「よし……早速エミリオに話をしよう」

エミリオの正体を知ったからには、一刻も早く離婚したい。

私は推しと物理的に離れたい一心で、どう彼に話を切り出そうか考え始めた。

◇◇◇

「エミリオ。少し話があるのだけれど、いい？」

「ん？　ああ、構わない」

その日の夜、夕食が終わったあと、エミリオに話を切り出した。

さすがに食事をしながらする話ではないと思ったので、食後の落ち着いた時間帯を狙おうと考えたのだ。

出かけていたエミリオが帰ってきたのは、夕食直前の遅い時間。

休憩も碌《ろく》にないまま、面倒な話を聞かせるのは申し訳なかったが、一日でも早く現状から解放されたかった。

エミリオが食堂の椅子から立ち上がり、私に聞く。

「場所は？　応接室で構わないか？」

「ええ、大丈夫よ」

彼の言葉に頷き、ふたり並んで移動する。その際、彼はごく自然に、私の手を取ってエスコートしてくれた。

こういうやり取りも、これが最後になるのかと思うと少し寂しい気もしたが、それより推しと離れたい気持ちが強かった。

――絶対に別れるんだから。

もう、この一言に尽きる。

応接室に着くと、エミリオは近くにいた侍従のひとりに食後のお茶を用意するよう申しつけた。

確かにお茶はあった方がいいかもしれない。話し合いが長丁場になる可能性もあるのだから。

侍従が下がり、ふたりきりになる。

暖炉前の定位置となったソファに対面で座り、落ち着いたところで話を切り出した。

「えっと、あのね」

「ああ」

優雅な仕草でティーカップを持ち、エミリオが鷹揚に頷く。結婚しても相変わらずそういう行動がとても様になる男だ。

部屋のシャンデリアに照らされた顔が美しい。

少し愁いを帯びた青い瞳もとても綺麗で、彼が人気の王子だったことを否応《いやおう》なく思い出した。

改めて思う。

――私、どうしてこんなすごい人と結婚してるんだろう。

女性を寄せつけないとはいえ、人気者の第二王子。

何がよくて彼は私と結婚することにしたのだか。

そう思いかけ――ああ、一番彼にとって都合がよかったのが私だったからだなと思い出した。

まあ、現実とは得てしてそういうものだ。

物語のようなロマンスはそうそう転がっているものではない。

そう、現実にロマンスはないのだ。ただ、都合がよかっただけ。それなら、私でなくても構わないだろう。

彼ほどの人なら、いくらでも相手を見繕うことができるから。

たとえそれが契約結婚であっても、声をかけてみれば喜んで頷く女性はそれこそ星の数ほどいると思う。

だからエミリオの今後を気にする必要はないのだ。

私は安心して「好きな人ができた」とそう言えばいい。

すうっと深呼吸をする。

心を定め、彼に言った。

「――実はね、私、好きな人ができたの」

だから離婚して欲しい。

そう告げると、エミリオはポカンとした顔で私を見た。五秒ほど動かず、次に目を瞬かせた彼は首を傾げながら口を開く。

「……お前に、好きな男？」

「ええ」

「夫であるオレ以外にか？」

信じられないという顔で告げるエミリオに、私の方が呆れた。

「当たり前でしょ。あなたとは契約で結婚しただけなんだから。好きになるならあなた以外の人に決まってる」

「……そうか。そう、だな」

そのまま口を噤むエミリオ。

何を考えているのか、眉を中央に寄せ、難しい顔をしている。

私としてはすぐにでも「分かった」と頷いてもらって話を終えるはずだったのだけれど、どうにも一筋縄ではいかない気配が漂ってきた。

――あれ？　なんかおかしい？

ただ頷いてくれるだけでいいのに。

根気よく彼の返事を待つ。ややあってエミリオが顔を上げ、私を見た。

「エリザ」

「な、何？」

「相手の名前は？」

「えっ……！」

まさか相手の名前を尋ねられるとは思わず、変な声が出た。

何せすぐに「いいよ」と了承されると考えていたのだ。誰かを想定して……というのは一切考えていなかった。

しどろもどろになりつつも言う。

「え、ええと……言わなきゃ駄目？」

嘘を吐くにも、咄嗟《とっさ》には名前が出てこない。誤魔化すように笑い、エミリオを見ると彼は真剣な顔をして頷いた。

「当たり前だろう。お前、王家の人間が離婚するのがどれほど難しいか知らないとは言わせないぞ」

「う……」

それは知っている。

だって契約書を確認した時に、離婚なんてできるのかと驚いたから。

でも、エミリオは協力してくれると言ったし、だから今回も安心して離婚話を切り出せたのだ。

「は、話が違……」

「確かに結婚時、できることはしてやると言った。だが、相手が誰かも分からず協力はできないぞ」

「それは……そうかも、だけど」

筋が通った理由に、私の方が追い詰められる。

「で、でも……好きな人ができれば離婚できるって契約書には……」

「双方の合意を以て、とあっただろう。どこの誰とも分からないのに合意はしない」

「え……そ、その、それこそ私のプライベートな事情なので首を突っ込まないで欲しいんだけど」

しどろもどろになりつつも、なんとか名前を言わずに済ませようとするも、エミリオは頑として退かなかった。

「これは必要なことだ。離婚するのなら兄上にも報告することになる。……兄上は面倒だぞ。絶対にどこの誰に嫁を取られたのかと聞いてくるし、聞かれればオレとしても答えざるを得ない。間違いなく兄上は怒るだろうな」

「ううううう……ヴィクトリ殿下を引き合いに出さないでよ」

それは卑怯《ひきょう》だ。

結婚式の日に話したヴィクトリ王子を思い出す。

彼が相当なブラコンであることを覚えていただけに、怒るところを簡単に想像できてしまったのだ。

「私の弟を謀ったのかい？　それはいい度胸だね？」

脳裏でヴィクトリ王子が笑っているが、それは口元だけですごく目が怖い。

優秀な王太子殿下を敵に回してしまう恐ろしさに震えた。

とはいえ、誰が正しいのかと聞かれれば、それはエミリオの方で間違いない。

離婚したいのなら、ヴィクトリ王子に睨まれることも覚悟せねばならないだろう。

だが、そう簡単にもいかないのが事実だ。だって適当な男の名前を言った日には、その人に迷惑がかかってしまう。

下手に名前を言えば、その人がヴィクトリ王子に目をつけられる可能性があるのだ。

そうなれば将来が絶望的になるのは目に見えているし、それはさすがにしてはいけないと分かっていた。

「うう……ううううう……」

結果として私はどこの誰なのか言うこともできず、唸《うな》りつつもエミリオを涙目で睨みつけるしかできなかったのだけれど、その態度で聡明《そうめい》な彼は察したようだ。

「……なるほどな。お前、実は好きな男などいないだろう」

「えっ……」

ズバリ言われ、目を丸くする。エミリオはやっぱりという顔をしていた。

「お前の性格なら、こういう場合、きちんと筋を通そうとするはず。それをグダグダといつまでも言わないということは、そもそも相手が存在しない、が答えだ」

「……あ、それは……その……」

「エリザ」

「……」

ぐうの音も出ない正論に追い詰められる。本気で泣きそうになってきた私に、エミリオが更に言う。

「好きな男もいないのにそんなことを言い出すということは――お前、まさか離婚をすることが目的なのか？　それがくだらない嘘を吐いた理由か？」

「……」

「答えろ、エリザ」

「……はい」

沈黙を許さない強い口調に、私はしおしおと萎《しお》れながら返事をした。

「そうです……」

「……」

じっとエミリオが私を見据えてくる。恐ろしいほど目力が強い。だが、怯《ひる》んでいる場合ではなかった。私は、泣きそうになりながらも自らの望みを彼に告げた。

「離婚、してもらえると嬉しいです」

「理由は」

「……」

厳しく問い詰められ、私は反射的に目を逸らした。だが、エミリオはそれで許してくれるような甘い男ではない。

「理由」

「……」

「言っておくがくだらない理由なら同意など絶対にしないぞ。先ほども言ったが、王族の離婚は相当面倒なんだ。どうしても別れたいというのなら、まずは理由を言え。話はそれからだ」

「う……ううう……」

誰が見たって、エミリオの言い分が正しい。

これはもう本当の理由を言うしかないと察した私は、おそるおそる彼の顔を見た。

「……」

「なんだ」

「……ちゃんと理由を言ったら、離婚に応じてくれる？」

「応じてもいいと思える理由ならな」

「……」

本当のことは言えない。

エミリオが推し作家だったから離れたいなんて言えるはずがない。

だから私は仕方なく、離婚理由になり得ると思える、もうひとつの話を口にした。

「わ、私、今日の午後、あなたの部屋に無断で入ってしまったの。これはれっきとした契約違反だわ。だから、離婚も仕方ないと思ったのだけれど！」

「部屋？　オレの自室に入ったのか？」

「……ええ」

ギロリと睨みつけられ、小さくなりながらも首肯した。

怒られるのは覚悟済みだ。私が彼なら絶対に許さないと思うから、この件に関しては何を言われても大人しく受け入れるつもりでいた。

「……本当にごめんなさい。私は決してやってはいけないことをしたの。これはあなたに対する裏切りよ」

「ほう。それで離婚を言い出したのか？」

何故か楽しそうな口振りでエミリオが聞いてくる。こくりと頷いた。

「……ええ、私が同じことをされたら離婚案件だもの」

「なるほど。確かに、無断で部屋に入るのは明らかな契約違反だな」

「……はい」

頭《こうべ》を垂れ、断罪の時を待つ。

だが予想に反して、エミリオはあっさりと言った。

「部屋の件だが。別にオレは気にしない。よって離婚もする必要はないな」

「え……」

顔を上げる。エミリオの青い目は私の本心を暴こうとするかのように強くこちらを見つめていた。

「あ、あの……」

「部屋に入られた程度、オレは気にしないと言ったのだ。大体、鍵もかかっていなかっただろう。本当に入られたくないのなら鍵をかけるとは思わないか？」

「そ、それはそうかもだけど、でも、あの契約には――」

「契約に書いたのは、お前がそれを望むだろうと思ったからだ。もとよりオレにとってはどうでもよかった話だ」

「……」

まさかの『どうでもいい』という言葉を返され、口をポカンと開けてしまった。

――え、部屋に入られてもよかったってこと？

確かに彼自身が告げた通り、部屋には鍵がかかっていなかった。だからこそ中に入れてしまったのだけれど、まさか入ってもいいと思われていたなんて気づくはずないではないか。

「え、え、え？」

混乱する私にエミリオが更に言う。

「それだけが離婚を持ち出した理由だというのなら却下だ。そもそも気にもしていないことを理由にされたところで納得できん」

「で、でも……！」

「いい加減にしろ。オレは部屋に入室された程度で、離婚するつもりはさらさらない」

「そんな……！」

考えていた通りになってしまった。

被害者が加害者を許してしまうパターン。

これでは離婚してもらうことができない。

「被害に遭ったのはオレだ。それならお前はオレの言うことを聞くのが筋ではないか」

「そ、それはそうだけど……！」

エミリオの言葉は全くその通りで言い返すこともできない正論ではあるけれど、それでは私が困るのだ。

私はエミリオと離婚したい。

推し作家が夫だなんて現状をなんとしても取りやめたいのだ。

「う、うう」

「話は終わりだ。オレは部屋に戻る」

頭の中が真っ白になり、何も言えない私を放置し、エミリオがソファから立ち上がる。

このままでは今の生活が今後もずるずる続いてしまうと危機感を覚えた私は、泣きそうになりながらも立ち上がり、叫んだ。

もう破れかぶれだ。どうにでもなれ。

「わ、私！　あなたが作家のドモリ・オリエ先生だと知ってしまったの‼　私、ドモリ・オリエ先生の大ファンで……でも、ファンであるからこそ、あなたとは一緒に暮らせない‼　だから離婚して欲しいの‼」

魂の叫びだった。

顔を真っ赤にして告げると、扉に向かっていたエミリオが振り返る。そうしてあっさりと告げた。

「ああ、ようやく気づいたのか」

「へ……？」

「いつ気づくかいつ気づくかと楽しみにしていたが、意外と時間がかかったな。なんだ、どこで気づいたんだ？　部屋に入った時か？」

やけに楽しげだ。それを疑問に思う間もなく、口を開く。

「え、いや……あなたの最新刊を読んでもしかしてって思って……で、そんなわけないと思うけどどうしても確かめたくなって……」

「机の上に書きかけのサイン本があったからな。なるほど。それでオレがドモリ・オリエであると確信したのか」

「え、ええ……」

どうして当たり前のように話が続くのか。

どうしてエミリオは平然とした態度で私を受け入れているのか。

全部が全部、意味が分からなかった。

部屋を出て行くのを止めたらしいエミリオが、近くのひとり掛けソファを引き寄せ、腰かける。足を組み、私に言った。

「で？」

「え……」

「オレがドモリ・オリエだと分かった。だからどうだというのだ」

「どうって……」

エミリオの態度は落ち着いていて、動揺の『ど』の字もない。

混乱している私とは真逆だ。

勇気を出し、拳を握り締める。なんとか口を開いた。

「さ、さっきも言った通りよ。だから、離婚したいって」

「なるほど。しかし筆名がバレて離婚したいと言われるとは思わなかったな」

「わ、私は真剣なの！　茶化さないで！」

理解できないと言われようが、私にとっては一大事。

推しと結婚なんて、あり得ないのだ。

だが、エミリオは取り合わない。それどころかとんでもないことを言い出した。

「別に茶化してなんかない。それに今更すぎる。お前は今日オレのことを知ったかもしれないが、オレはお前のことを前々から知っていたぞ。――マンゴーケーキの名でファンレターを毎度送ってきたのはお前だろう？」

「ひっ⁉」

予想もしなかった言葉がエミリオの口から飛び出し、冗談抜きで悲鳴が出た。

マンゴーケーキ。それは私がドモリ・オリエにファンレターを書く時に使っていたペンネームに他ならなかったからだ。

遠くから推しを応援したいタイプの私は、絶対にリターンアドレスも本名も記さなかった。だけどさすがに全く名前を書かないのもどうかと思ったので、毎度『マンゴーケーキ』とペンネームを記していたのだ。

由来はもちろんマンゴーが好きだから。

その時食べたかったのがマンゴーケーキだったこともあり「じゃあ、マンゴーケーキにしとこう」とあまりにもくだらない理由で決めたのだけれど。

まさかその名前がエミリオの口から出るとは思わず、驚きすぎて一瞬呼吸が止まった。

失礼だとは分かっていたが、動揺のあまり思わず指を指してしまう。

指は震え、狙いは定まらなかった。

「そ、そ、そ……その名前」

「ああ、お前がファンレターを書く時に使う筆名だな。毎度、熱量のこもった感想をくれて嬉しかったぞ。初期の頃から応援してくれた、オレにとっては大事なファンのひとりだ。まさか、その主がお前だとは思いもしなかったが」

「……」

「新刊を書くたびに、毎回長文の手紙をくれただろう。差出人の住所がなく、返事は書いてやれなかったが、毎度手紙はきちんと読んでいるぞ。いつもお前の感想は的確で、楽しく読んでくれたのが伝わってきた。どれだけお前の手紙に勇気づけられたか。とても感謝している」

「う……え……」

まさかの推しに手紙のお礼を言われ、頭がパニック状態となった。

だってこんなの予想外だ。

手紙は一方通行で、返事なんてまるで期待していなかった。それなのに本人からその手紙の返事を口頭で伝えられるとか。

認知されている……！　これは間違いなく推しに、認知されている……！

——いやあああああああああ!!

無理だ。耐えられない。

どうしよう、こんな展開、望んでいなかったのに！

「あ、あ、あ、あー……」

恥ずかしさのあまり、頬が熱くなっていくのが自分でも分かる。

今すぐ彼の目の前から消えたくなるくらいの羞恥を感じていたが、どうして正体がバレているのか。今はそちらの方が重要だ。

エミリオはマンゴーケーキが私であると確信があるようで、堂々としたものだ。

それでもなんとか誤魔化したかった私は、必死に首を横に振りながら言った。

「わ、私、マンゴーケーキなんて名前、知らな……」

「それだけ分かりやすい反応を見せておいてまだとぼけるつもりか。お前がマンゴーケーキであることはとうに気づいている。今更見苦しく足掻《あが》くな」

「うっ……」

「認めないなら、前に貰った手紙を読み上げてやろうか？　全部覚えているわけではないが、大体のところは空で言えるぞ？」

「止めてぇ!!」

そんな辱め、耐えられるはずがない。

がっくりとその場に膝をつく私に、エミリオが言った。

「認めるか？　お前がマンゴーケーキだと」

「認める……認めるから、お願いだから読むのだけは……」

ふるふる震えながらも自分がマンゴーケーキだと認めると、彼は「お前の嫌がることはしない。ちょっとした冗談だ」と言った。

一瞬、ホッとするも、彼が非常に悪い顔をしているのを見て、認めなければ本当にファンレターの内容を読み上げられたのだろうなと気づく。

そこまでして、私がマンゴーケーキだと認めさせたいのが不思議だったが、羞恥プレイを回避できただけでも今はよしとしよう。

立ち上がり、近くのソファに腰かけながらも彼を見る。これだけは聞いておかなければと思っていた。

「な、なんで私だって分かったの……？　私、身元が割れるようなことは書いていなかったのに」

身バレしたくなかった私は、その辺りかなり徹底していたのだ。それがあっさりと本人にバレたのだから、どうして気づかれてしまったのか理由が知りたかった。

私の疑問にエミリオがあっさりと告げる。

「結婚誓約書を書いた時のお前の筆跡だ。あの時は驚いたぞ。何度も読み返したファンレターを送ってきた主と全く同じ筆跡だったのだから」

「……え、結婚誓約書？」

唖然《あぜん》としてエミリオを見た。

確かに結婚誓約書を書いた時、エミリオの態度は少しおかしかった。

だけど、あのタイミングで誰が筆跡鑑定されていると気づくというのか。

名前を書いただけでバレてしまうとは驚きである。

よく手紙をやり取りしている人物や身内なら判別できなくもないが、それ以外を見分けるのは、少なくとも私には無理。

さすが第二王子。要らないところまで有能だった。

「嘘でしょ……なんでそんなことで分かるのよ」

信じられない気持ちで呟くと、エミリオは笑いながら言った。

「筆跡を覚える程度には、貰った手紙を何度も読み返したからな。それに、契約書にも署名しただろう。二度も筆跡を見る機会があれば、判別は十分すぎるほど可能だ」

「……」

つまり、結婚した時にはすでにマンゴーケーキであると知られていたわけだ。

それに全く気づかず、同じ家に住みつつ、毎日その相手の推し活をしていたとか、どう譲歩したところで馬鹿としかいえない。

「いやあああああ……」

両手で顔を覆う。

改めて考えると、自分の行動が恥ずかしすぎた。

推しに認知されていたどころの話ではない事態に、深い穴にでも潜って、二度と出て行きたくない気持ちになる。

「どうして……どうして教えてくれなかったの……」

いっそ最初から教えてくれれば。そんな気持ちで告げると、エミリオが眉を中央に寄せた。

「教える？　オレがドモリ・オリエだってことをか？」

「ええ」

推している作家に自分が認知されていたという事実がどうにも耐えきれずに文句を言うと、彼からは至極真っ当な答えが返ってきた。

「馬鹿か。自分から言うはずがないだろう」

「う」

「特にオレは、自身の正体を隠して創作活動をしている。わざわざアピールするような真似、誰がするか」

その通りだ。

ドモリ・オリエは、作品が舞台化されても舞台挨拶にすら出てこない、性別すら不明の徹底した秘密主義者として有名だった。そんな彼が自分の正体をいくら結婚したからといって、あっさりと配偶者にばらすだろうか。答えはノーだ。

彼が契約結婚を持ち出した理由も分かった。

ドモリ・オリエと知られることなく、安全に創作活動をしたかったのだろう。

彼から出された契約の条件を考えれば、すぐに分かることだ。

「うう……」

納得したくないのにするしかない。悲しい現実に打ちひしがれていると、エミリオは楽しげに言った。

「とはいえ、いつお前が気づくかという楽しみはあったがな」

その言葉にハッとした。

「え、私に気づかれてもよかったの？」

「ああ、だからわざと部屋に鍵はかけなかった」

「どうして？　わざわざ契約結婚までしたのにバレてよかったの？」

バレていいなら、契約結婚する意味はない。

そう思ったのだが、エミリオは笑って私を指さした。

「お前だからな」

「え」

「オレの熱狂的なファンであるお前になら、知られてもいいと思った。だから隠さなかったし、いつ気づかれても構わなかったんだが、予想に反して意外と長くかかった。まさかバレた瞬間、離婚を言い出されるとは考えもしなかったが——エリザ。お前の離婚したいという理由が、オレの正体を知ったからだというだけなら、その申し出は却下だ。離婚には応じない」

「えっ、どうして」

さらりと告げられた『離婚しない』という言葉に反応した。

エミリオは当然のように言う。

「理由は今言ったと思うが？　オレはバレても構わなかった。部屋に入られたことも気にしていない。更に、お前に好きな男はいない。ほらみろ、どこにも離縁に応じる理由はないだろう？」

「わ、私の意思は⁉」

「離婚事由に当たらなかったのだから、当然無視だな」

「酷い」

「残念だが、契約とはそういうものだ」

「そんな……」

がっくりと項垂れる。

結局、全部話すことになったのだから、私の気持ちを多少汲《く》み取ることくらいしてくれてもいいではないか。

それができる男というものだと思う。

私は破れかぶれになりながらも立ち上がり、叫んだ。

「私は推しと結婚なんて無理なの！　耐えられない！　お願いだから離婚してよ！」

心からの叫びだったが、返ってきた答えはあっさりとしたものだ。

「断る」

「なんで！　私でなくてもいいでしょう⁉　あなたなら他にいくらでも相手がいるじゃない！」

「面倒な女はお断りだと言っただろう。喜んで結婚したがる女に碌なのはいない」

「面倒というのなら、私もすこぶる面倒ですけど⁉」

自分で言うのもどうかと思うが、実際そうだと思うのだ。

エミリオが呆気《あっけ》にとられたような顔をする。すぐにクスクスと笑い始めた。

「そ、そうだな。違う意味で確かにお前は面倒だ。だが、そこはまあ許容範囲内だな」

「勝手に許容範囲内に収めないでくれる⁉」

愕然《がくぜん》とする私に、エミリオが淡々と告げる。

「さっきも言っただろう。離婚などそうそうできるものではないと。それを乗り越え離婚したとして――そうだな。何が起こると思う？」

「何が起こるって……えっと、エミリオの再婚話？」

それくらいしか思いつかなかったのだが、エミリオは正解というように目を細めた。

「——そうだな。まずはそれが起こる。早く再婚しろと兄上がウザ絡みしてくるだろう。そうすると次に起こるのは原稿の遅延だ」

「……なんで？」

どうしてそちらに話が飛んだのか。目を丸くする私にエミリオが諭すように言う。

「少し考えれば分かることだろう。兄上がウザ絡みしてくるということは、その分時間が消えるということ。本来なら執筆に充てられた時間が丸々なくなるわけだ」

「……は？」

道理を説くエミリオをガン見する。彼はニヤニヤと実に楽しげだ。

「オレの執筆時間が大幅に削られることになれば、当然締め切りには間に合わなくなる。そうなればどうなるか。間違いなく発売日は延期となるだろうな」

「えんき……」

「ちなみに今書いている原稿の締め切りは今月末だ。だが、まだ半分もできていないのが現状。できれば毎晩でも机に向かいたい。それが、兄上の呼び出しで潰れる」

そこで言葉を句切り、実にわざとらしくエミリオはため息を吐いた。

大袈裟に両手を広げる。

「ああ、なんてことだ。大切な執筆時間がなくなるなんて。お前、ドモリ・オリエのファンなのだろう？　ドモリ・オリエが原稿を落としてもいいと言うのか？」

釣られていると分かってはいたが、黙っているわけにはいかなかった。

反射的に叫ぶ。

「思うわけないじゃない！　ドモリ・オリエ先生の書く本は私の生きがい！　彼には健やかに生活してもらわなければならないし、執筆以外の全ての憂いは全力で排除しなくてはならないのよ！　心身に問題がないのに発刊が遅れるなんてもっての外！　この私が許さないわ！」

鼻息も荒く主張すると、エミリオは「なるほど」と頷いた。

「さすがはファンの鏡だ。お前ほど熱心にドモリ・オリエを応援してくれる者をオレは知らない。そこでひとつ相談なのだが、お前はドモリ・オリエが原稿を落とさないために協力してくれる気はあるか？」

「ええ、もちろん。私にできることならどんなことでも！」

即座に言い切った。

ドモリ・オリエを応援するのがファンとしての私の使命。できることがあるというのならなんでもしてみせよう。

断言した私にエミリオが「感謝する」と告げ、次にとんでもないことを言った。

「つまりお前は、このオレ『ドモリ・オリエ』のために快く今の結婚生活を続けてくれると、そういうわけだな」

「えっ……」

——なんでそうなるの？

私は散々離婚したいと言ったはずなのに、何故、そんな結論に至るのか。

本気で分からず彼を見る。エミリオは、それは良い笑みを浮かべ、私に言った。

「今、お前自らが言ったのだぞ。原稿を落とさないために協力してくれると。どんなことでもしてくれるのだろう？　言質は取ったぞ」

「……あ」

しまったと己の口を押さえるがもう遅い。

勝利を確信したエミリオが口を開く。

「オレが新刊を落とさないためにも、兄上との無駄なやり取りは避けなくてはならない。つまりは、離婚などという酷く時間を取られ、精神を消耗させられるような真似は回避しなければならないということだ」

「……」

「よって、離婚はしない。エリザ、此度《こたび》の協力に感謝する」

無情にも話の終わりを告げるエミリオ。

ソファから立ち上がり、グッと伸びをする。そうして実にわざとらしく私に言った。

「やれやれ、夜の執筆時間が無為に削られてしまったな。オレは今から少しでも取り返すために部屋に戻る。構わないな？」

「うぐっ……」

執筆するのだと言われれば、私に返せる言葉はひとつだけだ。

私は泣く泣くその答えを口にした。

「そ、それは、ええ。原稿の遅れを取り戻すためだもの。その……頑張ってね。新刊、楽しみにしてる」

「ああ。お前が妻として引き続き務めてくれるのなら、オレも締め切りに間に合わせることができるだろう」

「……」

ぷるぷると震える。

言い方が汚い。

私が断れば原稿は落ちるのだと言外に告げられ、私は完全に離婚話を続けるタイミングを失った。

そんな私にエミリオがとても性格の悪そうな顔で言った。

「うん？　何か問題でもあるか？」

問題しかないと言い返したいところだが、言えない。

完全に私の負けだった。

私はどうしてこうなったのかと思いながらも口を開いた。

「……問題は……ないわ」

「そうか。それは何よりだ。ではな」

満足そうに告げ、部屋を出て行くエミリオをただ見送るしかできない。

ひとりになったところで、その場に座り込む。だん、と思わず床を叩いた。

「なんでこうなるの!?」

吃驚だ。本当に吃驚である。

部屋に入ったことも、彼の正体を知ってしまったことも、ついでに言えば、彼のファンであることすら曝け出したにもかかわらず何も変わっていないとか、そんなことあるのだろうか。

わりと色々なものを失う覚悟で挑んだ戦いだったのだけれど、結果として完全に言い負かされてしまった事実が辛い。

なんということだろう。

恐ろしいことに、相変わらず推しとの結婚生活が続くことになってしまった。

そんなことは許せないからなんとしても離婚しようと考えたのに、終わってみればこの始末。

「一体どうしたらいいの!?」

叫んでみても、何も変わらない。

契約結婚の相手が、推し作家だったとか、本当に一体なんの冗談だ。

しかも離婚にも応じてもらえないとか、今後自分がどう振る舞えばいいのかさっぱりだった。

「頭が痛い……」

この現状をどうすれば打破できるのか。

それはそれとして、エミリオの原稿が締め切りに間に合うよう、心から祈るけれど。

「はあ……私って、どこまでいってもオタクでしかないのね……」

乾いた声で笑うも、全く面白くもなんともなかった。
こうして第一回、離婚騒動は私の負けで幕を閉じた。

第五章　そういうところを見せられたら惚れてしまうのは仕方ない

あのあと、とぼとぼと自分の部屋へと戻った私は、一晩かけて結論を出した。

推しを遠くから応援したい私。

故に離婚をしたいという強い気持ちは今も変わらないと断言できるが、かといってそのせいでドモリ・オリエの原稿が遅れるなど言語道断。

未来の新刊を無事刊行してもらうためにも、今のまま結婚生活を続けなければならないというのが結論だった。

「ものすごく……ものすごく不本意だけど……！」

推しと結婚なんて状況を続けなければならないことには非常にストレスを覚えるが、私にとって一番大切なのはドモリ・オリエの新刊を読むこと。

そのためならば他の問題は些細なこととして目を瞑らなければならないのだ。

「些細……些細かなあ、本当に？　……いやでも、新刊が落ちるのは絶対に駄目だし……」

新刊を天秤《てんびん》にかければ、全ては二の次。

仕方ないと諦めはしたものの、どうしたってため息は出てしまう。

「うう……ううう……こんなことになるなんて……」

本当に私は馬鹿だ。

デートのシチュエーションが被ったところで、ただの偶然だと片付ければよかったのに。

エミリオがドモリ・オリエでなどあるはずがない。

そう笑い飛ばしておけば、今も私は平和な気持ちで日々を過ごすことができていただろうに、魔が差してしまった己が憎い。

しかも恐ろしいことにあの離婚の話し合い以降、エミリオは自分がドモリ・オリエであることを全く隠さなくなってしまった。

バレてしまったことだし、もう構わないと開き直ったのだろうか。

食事の時の会話でも、サイン本を新たに納品したとか、オマケにショートストーリーを書いてつけたとか、ファンであれば無視できない情報をちょいちょい入れ込んでくる。

そのたびに私は彼が『ドモリ・オリエ』なのだという事実を否応なく突きつけられた気になるのだけれど、それはそうとして情報は嬉しいし、オマケのショートストーリーは絶対に手に入れたいので、私はしっかり書店に走った。

サイン本は入手できなかったけれど。

何せ、希望者は大勢いる。今回は先着順だったのだけれど、間に合わなかったのだ。

意気消沈して帰ってきたところ、実に軽く「サイン本が欲しいのならやるが」と言われたのが、ある意味一番ショックだったかもしれない。

必死に手に入れようとしていたものが、簡単に手に入ってしまう。

もちろんそれは、夫エミリオがドモリ・オリエ先生本人だから当たり前なのだけれど、すごく複雑な気持ちだったし、厚意は丁重にお断りした。

観劇のチケットと同じ。

なんだか、ズルをしているような気がしたからである。

サイン本が欲しいのなら、きちんと正規の手段で手に入れる。それが真のファンというもの。

それを妻だからという理由で優先して貰うなど許されない。

いや、本当に妻なら許されてもいいのかもしれないけど、私はしがない契約妻でしかない。

線引きはきちんとしておいた方がいいだろう。そう思ったのだ。

もちろん、本音を言わせてもらえるのなら、とっても欲しかったけれど。

何せ私はドモリ・オリエを推しに推しているのだから。

その彼から直接サイン本を貰えるチャンスを自らふいにしてしまったのだから、心の中は血の涙を流していた。

格好つけるんじゃなかったと死ぬほど後悔した。

ああ、こういうことになると分かっていたから、遠くから応援しているだけでよかったのに。

近すぎる距離なんて碌なことにならないのだ。

何も良いことがない。

しかもエミリオがドモリ・オリエだと判明してしまったことで、今まで軽い気持ちで彼と話せていたのが無理になってしまった。

だって思ってしまうのだ。「あれはドモリ・オリエ先生だ……失礼があってはいけない」と。結果、身体が緊張して、碌に口が動かなくなるのが最近一番の困りどころだ。

エミリオは呆れていたけれど、これは断じてわざとではない。

長い期間推してきた好きすぎる先生を目の前にして普段通りに振る舞うことなど私には無理と、そういうことなのだ。

そのせいで以前までは仲のいい夫婦にしか見えなかった私たちは、今やすっかり他人行儀の、どこかギクシャクとした関係になってしまった。

でも仕方ないではないか。

そこに応援すべき推しがいると分かっていて失礼な態度など取れないし、私自身が許せない。

とはいえ、そんな生活がいつまでも続けられるかと言えば、答えはノーだ。

推しがすぐ近くにいる生活は緊張続きで、思った以上にストレスが溜まる。

いい加減どうにかしなければこの生活が破綻するのは目に見えていた。

私が普通にできればそれで済む話なのだけれど、未だそれは難しい。

多分、ドモリ・オリエではなくエミリオとして見ればいいだけの話なのだろうけど、エミリオを見た瞬間「ドモリ・オリエ先生だ……ハワワ……」となってしまう私が彼に慣れる日など来るのだろうか。

そんな日は永遠に来なそうな気がするのだけれど、それについてはあまり深く考えたくないと思っている。

◇◇◇

ある日の午後。

読書のしすぎで肩が凝ってしまった私は、久々に運動がてら散歩でもしようと、離れの裏側にある庭へと向かっていた。

この庭は、花ではなく背の高い木々を多く植えていて、ちょっとした森のようになっているのだ。

「ああ……ボッキボキ……」

歩きながら肩を回す。なんとなく目の奥も痛いから、少し休憩するのがいいだろう。

木々の隙間から日が漏れる。葉が揺れるざわめきが心地よく、歩いているだけでも気分転換になった。

「いい天気ねえ」

雲ひとつない青空はとても綺麗で、心が洗われるようだ。

庭の奥には噴水があり、休憩できるようベンチも備え付けられている。それを知っていた私は、今日の目的地を噴水にすることを決めた。

「……あら」

噴水が見えてきたところで、ベンチに先客が座っていることに気がついた。

寛いだ様子で空を見上げているのは、ドモリ・オリエ先生……じゃなかった、私の夫であるエミリオだ。

「……エミリオ?」

こんなところで会うとは珍しい。

外に出る用事のない日は、基本彼は、昼間は自室にこもっていて、滅多に出てこないのだ。

多分、第二王子としての仕事をしているか、作家の仕事をしているのだと思うけど、そんな彼が外で日光を浴びているとは思わず驚いた。

つい、声をかけてしまう。

「どうしたの?　珍しいわね」

「ん?　ああ、エリザか。ちょっとな」

空を眺めていたエミリオがこちらに顔を向ける。なんというか少し疲れているように見える。

これは空気を読んで立ち去ってあげるのがいいだろうか。そう思っていると、エミリオが手招きをしてきた。

「え?」

「ちょうどよかった。ひとりで暇を持てあましていたんだ。こっちにこい」

「……いいの?」

「ああ」

「ドモリ・オリエ先生のお邪魔にならない?」

「……お前な、いい加減に慣れろ」

そう簡単に慣れられたら苦労はしない。

「無理」

即答する私に、エミリオは呆れ顔で言った。

「オレはお前の夫だぞ？」

「分かっているけど、それ以前にドモリ・オリエ大先生じゃない。恐れ多くて近づけないわ。私は遠くからあなたを応援したいの」

「それこそお断りだな。ファンなら近くから応援しろ」

私は離婚したいのだという気持ちを込めてエミリオを見るもさらりと躱《かわ》されてしまった。

頼むから少しは気にして欲しい。

ため息を吐きつつ、言われた通り、隣の席に座る。

ちょうど目の前にライオンの形をした噴水像が見える。ライオンの口からは水が噴き出していて、なんとなくそれを眺めながら口を開いた。

「で？　ひとりで何してたの？」

「そういうお前は？」

「散歩。ちょっと肩が凝っちゃって」

読書のしすぎで肩が凝ったことを説明すると、エミリオは納得したように頷いた。

「お前は相当な読書家だからな。図書室にもよく通っていると女官たちから聞いている」

屋敷の一階には、広い図書室があるのだ。

公爵令嬢だった私から見ても凄《すさ》まじい蔵書量で、暇さえあれば通っている。

「あそこ、色んな本があるから楽しいのよね」

「それならよかった。全国各地から資料本になりそうなものを集めているからな。今後も本は増えると思うぞ」

「ああ、やっぱり」

エミリオの言葉に納得した。

屋敷の図書室に置かれているのは、資料として使えそうな本が多いなと思っていたのだ。

普通の小説もかなりの数があるのだけれど、調べ物をする時に大活躍しそうな本が過半数を占めていて、結婚当初は、第二王子の仕事に必要なのかなと思っていた。

あと、小説は置いてあるのに、何故かドモリ・オリエの本だけはなくて、それが不思議だった。

まあ特には困らないのだけれど。全部所有しているので。

それはそうとして疑問なので、せっかくだから自作を置かない理由を聞いてみた。

「自分の作品を置かないのは何故？」

「うん？　別に深い意味はないが、敢《あ》えて言うのなら、自室にあるからだな。わざわざ図書室にまで置く意味を見出せなかった」

確かにそれはそうかもしれない。納得して頷くと、エミリオは言った。

「自分の本より他作家の本を置いた方が自分のためにもなるからな。小説はかなり幅広く買い集めているぞ」

「確かにたくさんの作家の本があるわよね。だからつい利用しちゃうんだけど」

うちの図書室は新しい作家を発掘するのにかなり役立っているのだ。

私は作家買いするタイプなので、一作読んで好きだと思えば、次の日には書店に走る。

そういうことを言うと、エミリオはどこか呆れたように言った。

「本当に本が好きなんだな」

「ええ、大好き。昔から暇さえあれば読んでいるの」

「暇さえあれば、か。そういえば本ばかりで自分に構ってくれないと、お前の元婚約者が言っていたな」

笑いながら古い話を持ち出され、閉口した。

「……彼の自慢話と悪口を延々と聞かされるのが嫌だっただけって言ったでしょ。普通はそんなことしないわよ。今だってほら。何も持っていないでしょう？」

手ぶらを主張するとエミリオは「残念だ」と笑った。

「残念？　何が？」

「オレの本を持ってきていれば、サインのひとつもしてやったのだがな」

冗談めかして告げられた言葉に、ため息を吐く。

「止めてよ、そういうの。特別扱いって好きじゃないって言ってるでしょ」

前にも断ったのにと思いながら告げる。エミリオは肩を竦《すく》めながら言った。

「特別扱いも何も、実際に特別だろう。お前はオレの妻なのだから。多少贔屓《ひいき》したところで、誰も文句は言わないと思うが」

「えっ……？　それは……そうかもしれないけどでも、私は単なる契約妻で……」

契約妻が贔屓されてはいけないだろう。そう思ったが、エミリオはキッパリと言った。

「契約妻でも妻は妻。変な遠慮はするな。オレがいいと言っているんだ。それにあまり遠慮されると、本当は要らないのかという気持ちになってくるぞ」

「……へ？」

そんなはずあるわけがない。

顔色を変えた私に、エミリオが「だから」と続ける。

「素直に受け取ってくれた方が、オレとしては嬉しいな」

柔らかさの中に本気の響きを感じ取り、目を瞬かせた。

なんとなくだけど、今まで必死に線引きをしていた自分が急に馬鹿らしくなったのだ。

確かに、要らないと言われるのは傷つくだろうとも思ったし。

そして私はドモリ・オリエ先生を傷つけるつもりは微塵《みじん》もない。

秒で結論を出した私は、真顔で答えた。

「……分かったわ。それなら、今度お願いしても構わない？」

「ああ。どの本だ？」

「……えっと」

少し前、抽選に外れてしまった本のタイトルを告げる。エミリオは頷き、聞いてきた。

「あの本なら、一緒に書いたショートストーリーもあるが、それも要るか？」

「……えっ……う、うん。ありがとう。手に入らなかったからすごく嬉しい」

さすがにそこまで貰ってしまうのはどうなのかと一瞬躊躇《ちゅうちょ》したが、先ほどの声音を思い出し、素直にいただくことにした。

欲しくないのかと聞かれれば、欲しいのは本当なのだし。

抽選に外れた時の悲しみを思い出せば、要らないなんて言えなかった。

エミリオが嬉しそうに言う。

「ああ。それくらい素直になってくれた方がいいな。しかし、サイン本は全部持っているわけではなかったのか。毎回、あれだけ熱量のこもったファンレターを送ってくれるくらいだから、てっきり全て集めているのかと思っていたぞ」

「……当然、毎回狙っているわ。でも、当たらなかったり先着に間に合わなかったりで、なかなか難しいの。……あなた、自分の人気を知らないの？」

そんな簡単に手に入るものではないのだ。そういう気持ちを込めて彼を見ると、エミリオは首を横に振った。

「知らん。オレはファンの前には基本姿を見せないからな。担当が送ってくれるファンレターが全てだ」

「そうなの？　ほら、たとえば発売日に書店に行って覗いてみるとか、そういうことってしない？」

「しないな。そんな暇はない」

第二王子としての仕事をしながらの作家活動と考えれば、それも当然かもしれない。

「そうなんだ……」

「せっかく舞台化しても、そちらもなかなか観に行けないしな。お前と一緒に行った舞台があっただろう。あれもオレひとりなら行かなかったところだ」

「うわ……勿体《もったい》ない！　って、あれ、劇場のオーナーに貰ったみたいなことを言ってたけど……？」

おそるおそる尋ねると、想像した通りの答えが返ってきた。

「方便だな。実際は、原作者だということで貰ったチケットだ」

「やっぱり……！　あ、あとね、この際だから言っておきたいことがあるんだけど」

「うん？　なんだ」

怪訝な顔になるエミリオに勇気を持って告げる。

「あの時、私、大分痛かったわよね。知らなかったとはいえ、原作者に対して知ったかぶりをして……本当にごめんなさい」

これはいつかは言わなければならないと思っていた。

あの観劇の時の己を思い出せば、今でも恥ずかしさで穴に潜ってしまいたいくらいなのだ。

ようやく謝れたと思っていると、エミリオが言った。

「いや、気にする必要はないぞ。気分的には、マンゴーケーキのファンレターを直《じか》に浴びているという感じだったからな」

「直に浴びているって何⁉」

ギョッとして彼を見る。エミリオはその時のことを思い出すような顔をして言った。

「お前のファンレターはいつも勢いがすごいだろう？　普段のお前からは想像がつかないと思っていたのだが、あの観劇の際に納得したんだ。確かにマンゴーケーキはお前だと。何せ、ノリがファンレターと同じだったからな」

「止めて！　恥ずかしい‼」

わっと顔を両手で押さえた。

確かにあの時の私は舞台を観に行ける興奮と喜びのあまり、オタクな自分を全く隠せていなかったし、これでもかというほど語り続けていた。

しかし、それでマンゴーケーキだと確信されたのは嫌すぎる。

エミリオが笑顔で言ってのける。

「いや、実に楽しかったな」

「……楽しんでもらえたのはよかったけど、こっちは完全なる黒歴史よ……」

「そうか？」

「ええ。お願いだから忘れてちょうだい」

「無理だな」

心からの願いだったのだが却下されてしまった。

エミリオと雑談を交わす。

ドモリ・オリエネタでは羞恥に悶えることも多かったが、最近では緊張であまり話せていなかったため、久しぶりに話が弾むのがとても楽しい。

横並びに座っているのがいいのだろうか。それとも外というのがいいのか。

どちらにせよ、久々に会話らしい会話ができて嬉しかった。

嬉しい気持ちのまま、そういえばとエミリオに話しかける。

「ねえ、さっき声をかけた時、ずいぶんと疲れているように見えたけど、大丈夫なの？　ちゃんと寝てる？」

プライベートに立ち入る気はないが、心配くらいはしても構わないだろう。そう思い尋ねると、エミリオは眉をギュッと中央に寄せた。

「エミリオ？」

「いや、ちょっと今後の展開について悩んでいてな」

「え、それって、政策の話？　それとも小説の話？」

「当然、小説の話だ。基本的に政策は父上と兄上が決めるからな。オレは単なる補佐。悩むようなことはない」

「そ、そう」

とはいえ、どちらにしても、軽々しく口出しできる話題ではないけれど。

ここは口を噤むのが賢明だろう。

しかし――と、エミリオを見る。

ドモリ・オリエの刊行ペースはかなり速い。なんと二、三ヶ月に一回ペースで新刊が発売されるのだ。

ただファンだった頃は「新刊が次々に出て嬉しいな」くらいのものだったが、今はさすがにそうは思えない。

何せ私はドモリ・オリエが国の第二王子だと知っているから。

あと、かなりの仕事魔だということも。

第二王子の仕事をしっかりこなしつつ、更に早いペースで刊行して体調は大丈夫なのかと普通に心配になってしまう。

「えっと、大丈夫なの？　その、体調とか。もちろん作品を読ませてもらえるのは嬉しいけど、健康が一番だから無理はしないで欲しいわ」

過労で倒れてしまわないか不安になって聞いてみるも、エミリオは笑って否定した。

「無理のないスケジュールを組んでいるから平気だ。ただ、今回は少しな。プロットは提出しているが、どうもしっくりこなくて。他にもっといい展開があるのではないかと悩んでいた」

「へえ……エミリオでも悩むのね」

「うん？　どういう意味だ？」

怪訝な顔をされ、慌てて言った。

「べ、別に悪い意味で言ったのではないわ。ただ私の中でドモリ・オリエって、いつも悩まずサクサク書いているイメージがあったの。それだけ」

「間違いではないな。普段はここまで悩まない」

小さく息を吐くエミリオを見つめる。

私は読むだけだけれど、やっぱり書くのは大変なのだなと思った。

「大変そうね」

「そうだな。ものにもよるが、下手な執務よりも時間はかかるし頭も使う。酷い時は甘いものを食べても全く甘さを感じなかったりするぞ」

「えっ……それ、大丈夫なの？」

ギョッとした。

甘さを感じないとか、相当だ。驚く私とは対照的に、エミリオは非常に楽しそうだった。「まだあるぞ」なんて恐ろしいことを言っている。

怖い物見たさというわけではないが、聞かないわけにもいかず、怯えつつも聞いてしまった。

「ま、まだって……他にどんなことが？」

「余裕のない時は睡眠時間だって削るし、執務の休憩時間に次のプロットだって練る。一度、風呂場で次の話を考えたまま寝落ちしたことがあってな。溺れた。あの時は死ぬかと思ったぞ」

「溺れた⁉　そんなことあるの⁉」

「さすがにそれ以降、気をつけることにはしたが、あれには焦ったな」

「焦ったで済む話ではないと思うの……健康管理はちゃんとしてよ……」

想像以上にハードなことをしている。

だけど王子としての仕事もこなしながら作家業をしようと思うのなら、それくらいはやらなければならないのかもしれない。

でも、エミリオはどうしてそこまでして作家を続けようとするのだろう。

もちろんファンとしては、推しに作家業を続けてもらいたいと心から思う。

とはいえ、彼の忙しさを知ってしまったあとでは、どうしても『そこまでして書くのか』と思ってしまうのだ。その思いが自然と口に出る。

「……そこまでしてエミリオが作家を続けているのってどうしてなの？　あ、いや、聞かれたくなかったのなら答えたくなくても構わないんだけど！」

慌てて付け足した。

かなり踏み込んだ発言だと気がついたからだ。

答えたくないことを無理に言わせるつもりはない。

だが、エミリオは気にした様子もなく口を開いた。

「――そうだな」

悠然と脚を組み替え、柔らかく笑う。

そうして先ほど彼を見つけた時と同じように空を見上げながら言った。

「まあ簡単に言えば、自分のためだ。オレは自分のために創作活動を続けている」

「えっ、あ……自分の……ため？」

どういう意味だろう。空を見上げるエミリオの横顔を見つめる。

整った横顔は美しく、まるで一枚の絵画のようだった。

思わず見惚れていると、彼の眉が下がる。愁いを帯びた表情に、より一層引きつけられた。

「オレは第二王子だ。知っているか？　第二王子というのは、基本第一王子のスペアとして見られる。第一王子に何かあった時の替え。別に卑下するわけではないが、実際、それがオレの立ち位置で間違っていない」

「……え」

「子供の頃から散々言い聞かせられたからな」

突然何を言い出すのか。唖然とする私を余所《よそ》に、エミリオは淡々と語り続ける。

「第一王子が育ってしまえば、当然のことながらオレは用済み。オレの存在意義はなくなるというか……そうだな、逆に邪魔になるな。特に兄上にはすでに御子がふたりいる。要らぬ争いを生み出しかねない第二王子など、いたところで困るだけだろう」

「……え、えっと、えっと」

なんと答えればいいのだろう。言葉が全く出てこない。

そんな私にエミリオは軽く言った。

「ああ、同情は要らないぞ。昔から分かっていたことだからな。ただ、だからといって悔しくないわけでも、このままでいいとも思わなかったんだ。何かしらで、爪痕を残したい。オレでなければできないことをしたいと考えたのだ」

凜《りん》とした表情で告げるエミリオを見れば、彼が同情を必要としていないことは一目で分かる。

エミリオは前を向いているのだ。それがすごく格好いいなと思った。

多分、私にはできないことだと思うから。

「兄上の代わりではないもの。オレでないと駄目なもの。それがオレは欲しくて、何かないかと足掻いて——そうして、何故だろうな。物語を書くことに行き着いたんだ」

ふふっと小さく笑う。その表情は子供みたいだ。

「別に小説である必要はなかったんだが、仕事の合間に少しずつ書きためることができたのが大きかったのかもしれない。ジャンルを恋愛小説にしたのは、オレには庶民のするような自由恋愛なんて許されていないと思ったから。物語の中で自由に恋愛する様を書きたかったんだ」

当時のことをエミリオが思い出すように語る。

その姿を見ながら、私は彼の気持ちが分かると思っていた。

自由恋愛、それは貴族である私にも許されないものだから。

父の決めた相手と家のために結婚する。それが貴族社会では当然で、私もそうすべきと育てられた。

好きな人との結婚なんて貴族には許されていない。

だからちょっとだけ庶民が羨ましかったりするし、代わりというわけではないけれど、恋愛小説にのめり込んだりもしてしまうのだ。

だって小説の世界には、私には縁のない自由恋愛が描かれている。

小説では公爵令嬢も王子も皆、好きな人と結ばれている。それを見られるのは嬉しいし、なんというかちょっとした救いになるのだ。

「……分かる。私も、エミリオの小説に救われていたから」

自分のことを思い出し告げる。

小説世界に逃げることができている時、私はいつだって幸せでいられた。

現実の世知辛い運命を見ない振りができた。だからこそ余計に推し活に熱中したのだ。

「幸いなことに、オレの書いた小説は、大勢の人たちに受け入れてもらうことができた。特に嬉しかったのは重版が決まった時とファンレターが届けられた時だな。それだけ多くの人たちがオレの書いたものを求めてくれている。初めて、オレ自身を必要とされたと思えたんだ。まともに息ができた、そんな気がした」

「……うん」

「ファンレターには本の感想だけではなく、個人の事情なんかも書かれていたりするんだ。たとえば病気で伏せっている、とかな。だけどオレの小説を読むことで頑張れている、次も待っています、なんて書かれているのを読んでしまうとな。早く新作を届けてやりたい、頑張ろうと思えた」

「……」

一言一言を噛みしめるように言うエミリオを見つめた。

美しく、力強い瞳にどうしようもなく引きつけられる。

なんだろう。

ここに来て初めて、彼の内面に触れた気がしていた。

いつも強気で、私を翻弄していた彼が抱えていた、第二王子であるからこその悩み。

それを払拭しようと足掻き、辿り着いた作家としての彼。

自分は必要とされているのか、このままで本当にいいのかという、人として当たり前の悩み。

そういうものをエミリオも持っていたのだと気づかされ、大きく心を揺り動かされていた。

急にエミリオという人間の解像度が上がった。そんな風にも感じた。

——ああ、困る。

ぎゅっと拳を握る。

私は彼を、女性に人気のある第二王子としてしか認識していなかったのに。

好感度は高かったが、それはあくまでも人としてであり、異性としてではなかった。

彼がドモリ・オリエだと知った時だって、エミリオが推し作家だった！　というのが全てで、それ以外の感情は何もなかったと断言できるのに、確かにそれでよかったのに今は違う。

どうしてだろう。締めつけられるように胸が痛い。

これは、今までには感じなかった種類の痛みだ。

ギュッと心臓の辺りを押さえる。甘く苦しい痛みが私を苛《さいな》んでいた。

普段、悩みなどないと言わんばかりのエミリオとは全く違う素の彼。

第二王子である自身の立場に悩んだのは、彼が真面目で、真っ直ぐな人だからだろう。

普通ならそこまで気にしたりしないと思う。真面目だからこそ、悩んだのだ。

自分の価値とは何かを。

そうして苦しみ、だけども創作活動に活路を見出し、自らの価値を示そうとした。

その生き様は普段見えている彼とは全然違って、だけども私にはとても美しく思えた。

……思えてしまった。

——駄目だ。

ギュッと目を瞑る。

全く構えていなかったところに突然こんなものをぶち込まれるとかあんまりだろう。

すとん、と心臓に矢が突き刺さった。そんな幻覚を見た気がした。

そして刺さったと一度認識してしまえば、自分の気持ちを認めるしかなくて。

——ああ。

今のやり取りが切っ掛けで、エミリオを好きになってしまったのだと、否応なく気づかされてしまった。

突如としてやってきた感情に振り回される。

今までにもいくつか兆しはあった。

ときめいたり、胸が苦しくなったり、そういうことは確かにあった。

だけどそれはどれも決定的なものではなくて、だから私は決して恋愛の意味では彼を想《おも》うことはなかったのに。

甘い表情を見ても、これ見よがしな言葉を吐かれても、困ったなと思うだけだった。

私の趣味を好意的に受け止めてくれても、いい人なんだなと思うだけだった。

そこでとどまれていたのに。

彼の本心に偶然触れた結果、私はあまりにもあっさりと恋に落ちてしまった。

恋とは落ちるものとはよく語られるが、それは本当だと思う。

彼の兄であるヴィクトリ王子が、エミリオを真面目な性格だと言っていたが確かにその通りだった。

エミリオは真面目で真っ直ぐで、そんな彼に女としての自分がうっかり揺り動かされてしまったのだ。

突然芽生えた恋心に戸惑う私を余所に、エミリオが告げる。

「オレが小説を書くのは自分のためだ。だがそれと同じくらい、オレの新作を待っていてくれる読者のために書いている。多分、オレが書かなくなる日が来るとしたら、求められることがなくなった時だろうな。幸いにも、その時はまだ先のようだが」

「あ、当たり前よ！　少なくともここに、あなたの小説を毎回心待ちにしているファンがいるんだから！」

慌てて口を開いた。

さすがにここで何も言わないなどファンの名折れだと思ったからだ。

エミリオが私を見る。驚くほど優しい目をしていた。

ただでさえ痛かった胸が、更に強く締めつけられたような気がした。

「そうだな。お前ほど熱心なファンもそうはいない。毎回、新作を出すたびに分厚いファンレターを送ってきて、そのくせいつだって本名やアドレスは書かないんだ。このマンゴーケーキとかいうふざけた名前を使っているのは一体どんな奴《やつ》なのだろうとずっと思っていたぞ」

「う……名前についてはその場のノリと勢いでつけただけだから、気にしないでくれると嬉しい」

もう少しマシな名前にすればよかったと思うも、後悔は先に立たないのだ。

身バレしないと高を括っていたから思いつきの名前を使っただけ。まさか特定されるなんて誰が思うだろう。

気まずいのと、気づいたばかりの甘くも苦しい恋心をなんとか落ち着かせようと、そっぽを向く。

内心、すごくドキドキしていたが、幸いにもエミリオには気づかれなかったようだ。

エミリオがしみじみと告げる。

「……だが、嬉しかった。熱心に応援してくれているのは伝わってきたし、それは確実にオレの創作意欲に繋がった。……実はここだけの話、三作目を書いたあと、作家業を辞めようかと思ったことがあってな」

「えっ……!?」

寝耳に水の話を聞かされ、ギョッとした。彼は頷き、話を続ける。

「まあ、ちょっとした理由はあったんだが、それは言わない。ただ、全てが虚《むな》しくなったとでも言えばいいか。オレがしてきたことに意味はあったのか。結局掌《てのひら》の上で踊らされているだけではないのかと悩み、一時期は机に向かうのも億劫《おっくう》だった」

「……」

掌の上で踊らされていると言った時のエミリオは酷くやるせない顔をしていた。

どういうことなのか聞きたいところではあったが、そんな顔を見てしまえば、口を噤むしかない。

「締め切りは容赦なくやってくるのにな」

ため息を吐くエミリオを見つめる。

ドモリ・オリエに筆を折ろうとした時期があったなんて全く知らなかった。驚きながらもただエミリオの話を聞くしかできないでいると、彼はふっと何かを思い出すように笑った。

「そんな時だったんだ。お前からの初めてのファンレターが届いたのは」

「え、私?」

自分を指さす。

何故、そこで私が出てくるのだろう。

確かに私がドモリ・オリエの作品に出会ったのは、三作目を出した直後くらいで、勢いのままファンレターを送りつけたことも覚えている。

気持ちが昂《たかぶ》った時に書いたので、ただ『好き』と『次作を心待ちにしている』ことをひたすら書き連ねただけのとても拙い手紙だ。

今はもう少しマシな手紙が書けていると思っているけれど……いや、あまり変わっていないような気もする。

だが、そんな語彙力皆無な私の初ファンレターとエミリオが作家を辞める話とが繋がっている理由が分からなかった。

「えっと、もしかして私の手紙、何か変なこと書いてあった？」

だったら本当に申し訳ない。

謝ると、エミリオは「そうではない」と否定した。

「億劫になっている時にオレに届けられたファンレター。それは馬鹿みたいに分厚くて、勢いと熱量がすごくてな、正直読んでいて圧倒された。呆然《ぼうぜん》としながら読み終わって、どこからこの熱量は来るのだろうかと考えて、その熱を生み出したのは自分の作品だと気づいたんだ。そうして思った。ここまで想ってくれるファンがいるのなら、もう少し頑張るべきなのではないかとな。全てに意味がなかったと投げ出すには早い。そう思い直した時には、もう机に向かっていた」

過去を思い出すように告げるエミリオを凝視する。

どこかすっきりとしたようにも見えるその顔を見れば、確かに私の手紙が彼を前に向かわせる切っ掛けになったのだと理解できた。

「……そうなんだ。私の手紙が役に立ったのなら嬉しいわ」

ただ好きを詰め込んだだけの手紙が、彼の力になれていた。

私からすれば、言いたいことの一割も書けなかった初のファンレター。それが、今でも語ってくれるくらい、彼の心に残っていた事実が嬉しかったのだ。

「ちなみにその時書いた本が、オレの作品で初のシリーズものとなった『王子様は眠らない』だ」

「えっ……」

急に大好きな作品名が出てきて、目を瞬かせた。

「『王子様は眠らない』？」

「ああ、お前の一番好きなシリーズだろう？」

「ど、どうして知ってるの？」

そんなことファンレターに書いたっけと思いながら聞くと、彼からはどうしようもない答えが返ってきた。

「分かるに決まっている。何せ、『王子様は眠らない』の新刊を出した時のお前のファンレターは、いつもの一・五倍は分厚いからな」

「えっ」

――そんなに？　そうだったっけ？

全く覚えがない。

驚きを露《あら》わにすると、呆れた顔をされてしまった。

「なんだ。自覚がなかったのか」

「全然……言われても、本当かなって気持ちにしかならない」

だが、手紙を貰った当人が言うのならそうなのだろう。

しかし……通常の一・五倍の分厚さか……うん、実に分かりやすい。

恥ずかしくて顔を伏せる。

だけど、自分の書いたものが彼の助けになれたのは誇らしい。だからその気持ちを正直に告げる。

「……私の手紙があなたの力になれていたのならすごく嬉しいいし、誇らしいわ。これからもファンレター書くわね」

本人がここにいるのにとは思うが、やはり感想は紙にしたためて送りたい。

エミリオの顔を見る。彼は酷く優しい表情で私を見つめていた。

「エミリオ？」

「いや、そうだな。いつもお前の手紙には勇気づけられているから、これからも送ってもらえると嬉しい。……最初のあの時から、お前の手紙はずっとオレの特別なんだ。だからこそお前がマンゴーケーキだと気づいた時は本当に嬉しかった。何せ、一番頼りにしていたファンが、妻として側にいてくれるわけなのだからな。我ながら見る目があると思った」

楽しそうに語るエミリオ。

そんな彼に私は「そうね」と返した。

「でも、こんな冗談みたいな話、本当にあるのね」

応援していた作家と実は契約結婚をしていたとか。

そしてその作家も、私をちゃんと認識していたなんて、それこそ小説の中の話でしかあり得ない展開だ。

エミリオが嬉しそうに頷く。

「ああ。だが、これは事実だ。エリザ、これからもオレの側にいてくれ。お前が協力してくれるのなら、オレは書き続けることができると思える」

「……私ひとりがいたところで変わるものでもないと思うけど」

「いや、変わる。お前がいてくれることがオレの力となるのだ」

「……そっか」

彼が喜んでいるのが表情全てから伝わってくる。だけど私はエミリオと同じように素直に喜ぶことができなかった。

私を必要としてくれているのに。

作家として、これからも頑張ると言ってくれたのに。

それをいつもの私なら嬉しいと思えるはずなのに。

——なんで、こうなるかな。

何故か涙が溢れてくる。それを零さないよう必死に堪えた。

一緒に喜んであげられない自分が不甲斐ない。でも、仕方ないではないか。

私はエミリオを恋愛の意味で好きになってしまったのだから。

彼が望むのは契約結婚を続けることで、本当の夫婦生活ではない。

名目上としての妻は必要でも、そこに恋愛感情は要らなくて、ただ便利な同居相手が欲しいだけなのだ。

私もそれを承知で結婚したし、今まではむしろ有り難いと思っていた。

好きではない相手と夜のお勤めなんてしたくなかったし、自由を謳歌できることが本当に嬉しかった。

でも、ここに来て事情が変わってしまった。

「……」

——どうしよう。

芽生えてしまった恋心。これを抱えたまま、エミリオと偽りの夫婦生活を続けなければならない。

それは本当に可能なのか。

いや、無理でも完遂させなければならない。でなければ、エミリオはまた結婚相手を探さなければならなくなって、そうなれば彼の言う通り作家業も滞るだろう。

それはファンとしては絶対にさせてはいけないことだ。

でも——。

分かっていても胸が苦しい。偽りの夫婦だなんて嫌だと心が訴え始めている。

好きなのに、心の伴わない夫婦であることに耐えられないと、今更都合のいいことを言い出しているのだ。

でも、エミリオに他の誰かが寄り添うというのも耐えられない。

「……」

己の浅ましさが嫌になる。

好きになんてなりたくなかった。自覚なんてしたくなかった。

知らなければファンとして適切な距離を保つことも、彼の望む通り振る舞うこともできただろうに。

恋愛感情を自覚してしまった結果、どれひとつとしてできなくなってしまった。

——エミリオと本当の夫婦になりたい。

私が抱いてしまった浅ましい願い。

本当の夫婦にならなくていいから結婚したくせに、掌返しもいいところではないか。

こんなのエミリオにとってみれば、裏切り以外の何ものでもないし、決して許されることではない。

「エリザ？」

エミリオが不思議そうな顔で私の顔を覗き込む。そんな彼に私は曖昧に笑うことで、なんとかその場を誤魔化した。

◇◇◇

「ケイティー！　助けて‼」

エミリオと話した翌日、私は助けを求めるべく、朝から実家へと駆け込んだ。

妹には契約結婚のことも話しているから、今回の件を相談するにはちょうどいい。

そう昨日の夜中に気づき、朝、朝食を食べ終わるとほぼ同時に屋敷を飛び出してきたのだ。

妹の部屋の扉を勢いよく開けると、彼女は愛猫メルティを膝の上に乗せ、呆れた顔で私を見た。

「……お姉様。来るなら来ると事前に連絡を入れてくれる？」

「それはごめんなさい！　でも、全然そんな暇はなくて……！」

両手を合わせて謝る。妹は「はあ……」とため息を吐いたあと「で？」と話を促してきた。

即座に告げる。

「私、エミリオのことが好きになってしまったの！」

「……」

すとん、とケイティーから表情が消えた。そうして一言。

「詳しく」

「聞いてくれるの⁉」

「聞かないわけにはいかないでしょう。まずは、座って。で、最初から全部話して」

「ええ！」

洗いざらい吐けと言われた私は喜んで妹の近くのソファに座り、今回の件について話した。

エミリオがドモリ・オリエだったことは、言わない方がいいのかもしれないと思ったが、そこを話さなければ説明はできない。

心の中でエミリオに謝り、私は彼がドモリ・オリエだったことと、その後に起こった話をひとつ残らず妹に語った。

「……というわけなの！」

話し終えると、妹が黙り込む。そうして待てとでも言うように私に向かって掌を向けた。

「……ひとつずつ確認させて。衝撃の事実がありすぎてついていけないから。えっと……まず、聞くわね。エミリオ殿下がドモリ・オリエ先生だったの？　本当に？」

疑わしげな目で妹が私を見てくる。こっくりと頷いた。

「ええ」

「嘘……」

信じたくないとケイティーが首を横に振る。

「あのクールなエミリオ殿下が、甘々ヒーローものを書いていたの？　全然想像できないんだけど！」

「嘘じゃないわ。言ったでしょ。私、エミリオの部屋で彼の書きかけのサインを見つけたもの。あと手書きの原稿も」

「手書きの原稿って……うん、でも確かに動かぬ証拠ではあるわよね」

「そうなの。そのあと本人もしっかり認めたし」

「なるほど。じゃ、ふたつ目ね。……『テレス戦記』の観劇に行ったって話。どうして今まで黙ってたのよ、羨ましい！　私も行きたかったのに！」

悔しげに睨まれ、それについては即座に謝った。

「ごめんなさい！　でも、チケットは二枚しかなかったし、一緒に行かないかって誘われたのよ？　それで妹の分も下さいなんて言えないわよ」

「まあ、それはそう。私でも言わないわ。ごめんなさい、お姉様。ちょっと羨ましくて八つ当たりしただけだから」

「……ケイティー」

「だって羨ましかったのは本当だもの。しかも初日初回公演だったんでしょ？　そりゃ原作者なら行けるのでしょうけど、チケット争奪戦に負けた身としてはねえ？」

「……気持ちは分かるわ」

「で？　面白かった？」

感想を聞かれ、私は満面の笑みを浮かべて肯定した。

「ええとっても！　最高だったわ」

「ああん！　やっぱり羨ましい！」

妹がドンと座っていた椅子の肘掛け部分を叩く。その音に驚いたのかメルティが「にゃあ！」と文句を言いながら飛び降りた。

妹はそれにも気づかず、まだブツブツ言っている。

「しかもSS席だったんでしょ？　はー、私もSS席で観劇とかしてみたい。あ、お姉様、あとでパンフレットを見せてくれる？　演者たちの絵姿が載ってるでしょ？　できればじっくりと演者の服を見たいのよね。どこまでモーリ・リト先生のデザインを正確に再現しているか。誤魔化しは絶対に許さないわ」

「わ、分かったわ。次、必ず持ってくる」

抜け駆けとは少し違うが、多少の罪悪感があった私は即座に返事をした。

妹がキリッとした顔で頷き、口を開く。

「それと聞きたいことがあるの。エミリオ殿下がドモリ・オリエ先生ってことは、モーリ・リト先生のことも当然ご存じよね？　どんな方とか、何か言ってなかった⁉」

「え？」

まさかそう来るとは思わなかった。

だが、妹はドモリ・オリエではなく、モーリ・リトのファンだ。

ドモリ・オリエの正体よりも、そこからモーリ・リトについて知ることの方が大切なのだろう。

「え、ええと、ごめんなさい。モーリ・リト先生については話していないから、何も聞いていないわ」

「ええー……なんでもいいから情報が欲しかったのに。ほら、働いているパン屋の名前とか、そういうの、エミリオ殿下、零さなかった？」

「零してないし、モーリ・リト先生がパン屋の下働きだと決まったわけでもないから」

「絶対にパン屋の下働きだって！　間違いないわ」

鼻息荒く断言する妹だが、その自信は一体どこから来るのだろう。

「無理やり聞き出すのはさすがにルール違反だと思うし、私も正体を知りたいとかそういうことを言っているのではないの。ただ、リアルな情報をすこーし提供してもらえれば嬉しいなと思うのよ。ほら、昨日、パン屋で失敗して店長に怒られたとか、個人を特定しないような情報。そういうのが欲しいの」

「だからピンポイントでパン屋を指定するのは止めて。さすがに違うと思うし」

とは言いつつも、妹の激しいパン屋推しのせいで、私もモーリ・リト先生はパン屋の下働きとの二足のわらじを頑張っている人なんだと思い始めてきている。

この変なイメージを払拭するためにも、一度くらいエミリオにモーリ・リト先生がどんな仕事をしている方なのか聞いてみてもいいかもしれない。

いや、作家と絵師の間に交流があるとも限らない。

編集だけが知っているという可能性の方が高いし、エミリオは王子なのだ。その彼が平民でパン屋の下働きであるモーリ・リト先生と知り合いという方があり得ない。

――いや、だからパン屋の下働きと決まったわけじゃないんだって。

自分で自分にツッコミを入れる。

駄目だ。完全に妹の思い込みに染められている。

私はため息を吐きながら妹に言った。

「知らない可能性の方が高いんじゃない？　だってあなたのイメージではモーリ・リト先生はパン屋の下働きなんでしょ？　第二王子とパン屋の下働き、共通点がなさすぎるもの」

「そうか……そういえばそうよね。第二王子とパン屋の下働きは出会わないわ。その通りよ」

「……パン屋の下働きのイメージを修正する気はないのね？」

「？　どうして変える必要があるの？」

妹の中では完全にイメージが固定されてしまったらしい。

私は心の中でモーリ・リト先生に謝罪を告げた。なんだかすごく失礼なことをしている気持ちになったからである。

しかし、エミリオを好きになってどうしようという話をしに来たはずなのに、なかなか本題に辿り着けない。

ただ、妹としては、いちから聞いておきたいのだろう。相談を持ちかけたのはこちらなので、大人しく付き合うことにした。

ケイティーはふんふんと頷き、私を見る。

「この件はこれくらいにして、三つ目にいきましょうか。……お姉様のペンネームがエミリオ殿下にバレていたって話は本当？　あの、ふざけたマンゴーケーキとかいう名前」

「う……うん」

少し本題に近づいたと思いながらも頷く。

ケイティーは己の身体を抱き締めながら震え上がった。

「しかも、筆跡でバレたって？　こっわ！　ドモリ・オリエ先生なら何百通とファンレターが来るでしょうに、その中のピンポイントのひとりを当てたって？　……エミリオ殿下、何者なの？」

「何者……第二王子かしら。王子って有能なのねって思ったけど」

「有能を飛び越して怖いって。知らない間に特定されていたとか嫌すぎるわ……。えっ、私も気をつけた方がいい？　毎回、モーリ・リト先生にファンレターを書いているけど、特定されるとか、ないわよね？　……誰かに代筆させようかしら」

「パン屋の下働きが筆跡を特定できるような技能を持っているわけないでしょ。それに代筆なんて頼んだら、あなたがモーリ・リト先生に夢中になっているのがバレるわよ。それでもいいの？」

「それは駄目！」

ハッとしたようにケイティーが叫ぶ。

たとえ代筆とはいえ、さすがにファンレターの内容を知られるのは嫌なようだ。

妹は己の胸を押さえながら私に聞く。

「……だ、大丈夫よね？　バレてないわよね」

「不特定多数のひとりなんて、普通はバレないから気にしなくていいと思うわ」

「……そうよね。エミリオ殿下がおかしいだけよね」

「……王族だもの。きっと特殊なのよ」

ケイティーの言葉を否定できなかった。

だって私も初めて聞いた時は「どうしてバレた？」と心から疑問に思ったから。

ファンレターから身バレなんて通常はあり得ない。

世知辛い現実から目を逸らしつつ全くフォローになっていないことを言うと、ケイティーが心から気の毒そうな顔で「ご愁傷様」と言ってきた。

傷つくから止めて欲しい。

「四つ目。互いに正体を知ることになったふたりは、契約結婚を続けるということで一旦は合意した。……そうよね？」

「……私は嫌だったけど、別れると色々面倒だって説得されて。王族の離婚は簡単ではないとか、あと、再婚に時間を取られて原稿が遅れるとか言われたら『はい』以外言えなかったの」

「王族の離婚が簡単ではないのは、まあ、当然よね。通常は『ない』話だし。それに再婚云々も納得できるわ。それで原稿が遅れるというのも、時間がなくなるのだもの。書けないのなら遅れる。何も間違ったことは言っていないわね」

「……そうなのよね」

改めて説明されるとよく分かるが、確かにエミリオは間違ったことを言っているわけではないのだ。

「納得しがたかろうが、お姉様は同意した。それが全てよ。そこは理解してる？」

「……とっても。だから私もなんとか契約通りにしようと思ったの」

「でもできなくなったのね。それはエミリオ殿下を好きになったから？」

「……そうよ」

小さな声で肯定する。妹がじっと私を見つめてきた。

「これは純粋に気になったから聞くんだけど、これまでお姉様ってエミリオ殿下のこと、別に好きでもなんでもなかったわよね？」

「ええ」

「それなのにどうして急に風向きが変わったの？」

「……う」

好きになった理由を話せと言われ、顔が赤くなった。

ちょっと、さすがにそれは恥ずかしいなと思ったのだ。だが妹は許してくれない。厳しく詰問してきた。

「お姉様。ここまで来てだんまりは止めてよ」

「いや、だって恥ずかしくて……」

「それなら最初から相談なんてしてこないで」

　正論すぎる。

　言い返すこともできず、私は小さく答えを告げた。

「……元々いい人だなと思っていたのが、その……彼の内面とか悩みを知る機会があって、それを聞いたところ、ころっと恋愛方面に転んでしまったというか……」

「内面……普段とのギャップに落ちたとか、そういう？」

「……そう、です」

　顔を赤くしながらも言う。

「パッと見た感じ、高慢な雰囲気があるし、自信家って感じがするじゃない？　実際、能力は高いしその通りではあるんだけど、でも、素の彼は、すごく真面目で真っ直ぐな人なの。で、真面目だからこそ色々悩んだり、頑張ったりする。作家活動もその一環でね。そういうところが……好き、だなって」

　口に出して説明するのは恥ずかしい。

　ただでさえ赤い顔が更に赤くなっていく。

　私の説明を聞いたケイティーが呆れたように言った。

「何それ。もう完全にベタ惚れじゃない」

「う……自覚はあるから言わないでよ」

「で、お姉様はそんな自分の気持ちに気づいてしまったから、どうしようって悩んでいるのね？」

「……はい」

ようやく主題に辿り着けたことにホッとしつつも、頷く。

ケイティーが「それで？」と私を見る。

「お姉様はどうしたいの？」

「どうしたいっていうか、契約結婚に頷いたのは私だというのは分かってるけど、好きな人と仮面夫婦とか耐えられないって思ってる」

「ふうん？」

「……昨日寝ずに考えたの。一番いいのは、この恋心を殺して今後もエミリオに快適な創作活動をお届けすることだって。だから仮面夫婦を頑張れないかって。私にとってドモリ・オリエの新作が予定通り出ることは何よりも大切だもの。きっとやれるって思った。思った……んだけど」

声に元気がなくなっていく。

本当にできると思ったのだ。

自分の恋心とドモリ・オリエを応援すること。

どちらを取るかなんて明白で、ドモリ・オリエを応援するより他はないとまで確信できたのに、それを決めた瞬間、私の心は悲鳴を上げた。

「……無理だって心が叫ぶの。好きな人には好きになってもらいたいし、それが叶わないなら側にはいられない。契約妻をずっと続けるなんてできないの。離婚しかないわ」

「はあ……やっぱりそうなった」

項垂れながらも自身の結論を告げると、妹はとても面倒そうに息を吐いた。

「だから私は契約結婚なんて止めておけと言ったのよ。絶対にどこかで破綻すると思ったから」

「……」

ぐうの音も出ないとはこういう時に使うのだろうか。

妹の棘《とげ》のある言葉に、萎れるしかできない。

「こんなことになるなんて思わなかったの……」

「ま、思うわけないわよね。でも、いいの？　話を聞くに、お姉様の結論は離婚一択みたいだけど、離婚すれば当然第二王子であるエミリオ殿下は後妻《めと》を娶るわよ？　いいの？　好きな人が自分以外と結婚して。それくらいなら妻の座を死守して、エミリオ殿下を落とす方向に出る方が確実じゃない？」

「え……」

「別に悩む必要はないと思うけどね。好きになった人はすでに自分の夫なんだから。ここからじっくり時間をかけて落とせばいい。誰かに取られる心配をしないでアプローチできるんだから、むしろラッキーと思うけど」

「……それができれば苦労しないわよ」

正論すぎる反論に泣きそうになる。

確かに妹の言うようにするのが正しいのだろう。自分の立場を守りつつ、今の関係を徐々にシフトさせていくように努める。長期戦を覚悟で確実に相手を落とす素晴らしいやり方だと私も思う。

でも。

「無理。今、好きな相手と心を伴わない結婚をしているという現実が耐えきれないの」

先の話ではない。

私は今、辛いのだ。

妹が呆れたように言う。

「前々から思っていたけど、お姉様って本当に独自理論の持ち主というか、変に潔癖拗《こじ》らせてるわよね。勢いで好きでもない相手と契約結婚はできるくせに、好きになった途端、掌返して契約結婚関係は継続できないなんて言い出すんだもの。もう意味が分からない。どうやったらそんな極端から極端に走れるの？」

「……知らないわよ、そんなの。私が聞きたいくらい。ただ、無理だって心が叫ぶから」

それをどうやったって無視できないのだから、私が取れる手段は決まっているというだけ。

「私だって、エミリオに後妻なんて娶って欲しくない。でも、私のことを好きでもないのに結婚しているとか無理なの。それがどうしても一番に来るから……仕方ないわ」

「はあ……もっと柔軟に生きればいいのに」

「……自分でもそう思う」

昨晩、ひとりで考えた時も思った。でもできなかったのだ。

己の頑固さが恨めしいし、妹には返す言葉もない。

俯いていると、妹が「だけどね」と言った。

「そもそも私は、エミリオ殿下はお姉様のことが好きだと思うんだけど」

「え……？」

顔を上げる。妹がこてんと首を傾げた。

「だから、好きになってもらえないなら～なんて悩む必要ないんじゃない？」

「待って待って待って⁉　どうしてそんな話になるの？」

エミリオが私のことを好きなんてあるわけがない。

いや、ひとりの人間としてはそれなりに好意を持ってもらっているのだろうと思うが、恋愛感情はないだろう。

「エミリオが私を好きになる理由とかなくない⁉」

「え、普通に十分すぎるほどあると思うけど。だってエミリオ殿下は優秀な人なんでしょう？　高慢な雰囲気があるということは、おそらくプライドも相当高いはず。その彼が己の弱みになり得る悩みを話したり、内面を見せたりとか……どう考えてもお姉様のことを恋愛対象として見ているとしか思えないけど。少なくとも相当心を許してないと話さないと思うわ。それはお姉様も分かるでしょう？」

「そ、そうね」

確かに妹の言うことには一理ある。

だが、あのエミリオが私に恋愛感情を抱いているというのはどうにも信じがたかった。

甘い言葉をくれることも多いけど、安易に『好き』と繋げるのは違う気がするし、優しいのだって契約結婚をした私と円滑な生活を送るためと考えれば納得できるから。

それに、それにだ。

これが一番大事なのだけれど、もし期待して万が一、違ったら？

痛すぎる勘違い女のできあがりではないか。

私のこと、好きなの？　なんて聞けないし、言って、軽蔑の目で見られた日には心が死ぬと断言できる。

つまりどの道、私に確認する方法などないのだ。

「ケイティーの言うことを疑うわけではないけれど、違うと思うわ。彼が優しいのは結婚生活を円滑に進めたいからだし、話をしてくれたのは、私をパートナーとして信頼してくれたからじゃないかしら。契約結婚の相手としてはかなり信頼されている自信はあるし、好意を抱いてもらっていると思うから」

言っているうちに、やはりこちらの解釈が正解なのではないかと思えてきた。

妹が何故か残念なものを見る目で私を見つめてくる。

「そう。ま、私が何を言おうと、すでに結論は出ているみたいだし、ただ聞いて欲しかっただけみたいだからこれ以上は言わないけど……お姉様、後悔だけはしないようにね」

妹の言葉に沈黙で返す。
後悔なんてとっくにしているに決まっていた。

第六章　本当の気持ち

妹に相談し、決意を固めた私は、すぐさま行動に移した。

時間を置けば碌なことにならないと分かっていたからだ。

夕食後、私はエミリオを談話室へと呼び出し、用件を告げた。

「やっぱり私には、この契約結婚を継続することはできない。離婚して欲しいの」

ソファに座ることすら待たずに離婚を口にした私を、エミリオは驚いたように見つめた。

近くの壁にもたれかかる。

意に添わない離婚話をされたからだろう。眉が不快を訴えるように中央に寄っていた。

そんな仕草も、スタイルのいい彼がすると馬鹿みたいに決まる。ついでに言えば、今の私は彼に恋をしているわけで、そうなると余計にエミリオが輝いているように見えてしまうのだ。

——ああ、駄目駄目。

離婚話を切り出しておいて、その相手に見惚れるとか意味が分からない。

心の中で自分を強く叱咤《しった》する。

エミリオが青い瞳を煌めかせながら言った。

「……オレは離婚には応じないと言ったばかりだと思うが？」

「そうね。でも事情が変わったの。だから離婚して欲しい」

できるだけ冷静であろうと努めながら告げる。

以前とは違い、離婚と口にするたびに胸が張り裂けそうな痛みを感じるけれど、これは自分で決めたこと。

どんなに辛くても、頑張らなければならなかった。

エミリオが腕を組み、胡乱《うろん》げな顔で聞いてくる。

「事情が変わった、とは？」

すう、と息を吸う。

緊張のあまり、心臓がバクバクと激しく脈打っていたが、無視をした。

ここからだ。

ここからが本番なのだ。

私は真っ直ぐにエミリオを見つめ、彼に言った。

「――私、好きな人ができたの。だから離婚して欲しい」

エミリオは少し目を見開き、次に吐き捨てるように言った。

「またか。嘘を吐くならもう少しマシな嘘を吐け」

「違う。今回は本当なの」

きっぱりと告げる。

私の表情を見て、嘘を吐いていないと察したのか、エミリオが壁から身体を起こす。

「それならば聞こう。……相手は？」

「……」

聞かれるだろうとは覚悟していた。

だって前回、嘘を吐いた時も聞かれたのだ。その時は答えられなかったけれど、今回は本当なので答えることができる。

私は根性で笑みを浮かべ、エミリオを見つめた。

「あなたよ」

言い切り、ホッと息を吐き出す。

エミリオに嘘は通じない。それが分かっていた私は、こうなったらいっそ本当のことを全てぶちまけてしまおうと決めたのだ。

そうすれば、恋愛感情なんて求めていないエミリオは私との離婚に賛成してくれるだろうと思ったから。

それに、エミリオに「もしかして私のことが好きなの？」なんて聞くより、こちらの気持ちを言う方が気分的に多少楽だった。

そう、痛い勘違い女と思われるよりは『結局こいつも他の女共と同じ』と蔑まれた方が……いや、待って？　どちらも同じくらい辛いな、これ。

とはいえ、言ってしまったものは取り消しができないし、言葉にできた喜びがあるのも事実なので、結果としてこれでよかったのだろうと思う。

息を吸い込む。

もう一度、堂々と告げた。

「私はあなたが好きなの。でも、あなたにとっては迷惑な話でしょう？　だから別れましょう。その方がお互いのためになる」

二度目だからか、さっきよりもすんなりと言葉が出た。

エミリオは驚いているのか、何も言わず私を凝視している。

「吃驚したでしょう。私もまさかこうなるなんて思わなかった。でも、嘘じゃないの。私はあなたのことが好きになってしまった。もう、あなたの望むような契約妻は演じてあげられないし、今の私はあなたが嫌う面倒な女そのものだと思う。あなたの愛が欲しいし、契約関係であることに耐えられない。こんな女嫌よね。だから――」

別れて欲しいのだ。そう続けようとした。

だがそれを告げる前に、エミリオが拍子抜けしたかのような声で言った。

「なんだ。もしかしてとは思っていたが、本当に気がついていなかったのか」

「……え？」

なんの話だ。

話の意図が摑めず、ポカンとエミリオを見る。彼は私を見つめると、こちらに近づいてきた。

「なっ、何？」

「今回の新作の話だ。お前、読んだと言っていただろう。あれは嘘だったのか？」

「え？　は？　まさかそんなはずないけど」

疑われるのは心外だ。

まだファンレターこそしたためてはいないものの、すでに五度は読み返している。

大体――そう、大体だ。

「あなたの新刊を読んで、正体に思い当たったって言ったでしょ。読んでいないわけないじゃない」

「いや、それはそうなのだが……てっきり気づいてもらえたものと思っていたからな」

「気づいてもらえた？　なんの話？　正体のことじゃないの？」

エミリオと話が噛み合わない。首を傾げると、彼はゆっくりと私と目を合わせてきた。

「うっ……」

好きなので、近い距離はどうしようもなく動揺してしまう。

顔を赤くしつつ目線から逃げると、彼は「本当に気づいていないのか」と呆れたように言った。

「だから！　なんの話？」

「――オレがお前のことを好きだという話だ」

「は……？」

何を言われたのか、一瞬、本気で理解できなかった。ギョッとする私にエミリオが言う。

「そもそもあの話は別にお前に正体を察して欲しくて書いたものではないぞ。あれは、お前に宛てたオレからのラブレターだ」

「ラブ、レター？」

どういう意味だ。

疑問符を頭に浮かべる私に、エミリオが言い聞かせるように言う。

「ヒーローがヒロインに告げた言葉の数々、あれは全てオレからお前に向けたものだ。あの本の中で行った場所やそこで話した内容、それは全部オレたちが体験したこと。お前だって、だからこそオレの正体に気づいたのではなかったのか？」

「それはそう……だけど」

作中のヒーローとヒロインが行った場所やふたりの会話。それらが妙に記憶を刺激し、だからこそ私もエミリオがドモリ・オリエだと気づけたのだ。

「で、でも！　それがラブレターとか意味分からない！」

「……オレの予定では、お前がオレの正体に気づくのはもっと早い段階のはずだった。まさか本を読むまで気づかないとは思わなかったが、それでも正体に気づけたのなら、オレの意図だって察することができたはずだぞ。あれがオレたちの物語で、ならばこれはオレからのラブレターのようなものだと」

「き、気づけるわけないじゃない！」

顔を真っ赤にして叫んだ。

本当に、そんなの分かるはずがない。

あの時の私は、結婚相手が推し作家だったという事実しか頭になくて、どうして彼がこんな分かりやすいものを書いたのか、その意図を考えるまでに至らなかったのだ。

でも、言われてみれば確かにそうだ。

エミリオは、私が彼のファンだと知っていた。つまり、私が新刊を読むことは分かっていたのだ。

その上であの内容を選んだ。だとすれば、それは私に対するメッセージと考えるのが妥当。

それにもかかわらず、私は今の今まで全く気づくことができなかったとか。

ある意味、ファン失格だ。

「う、うううう……」

唸るような声も出るというもの。

泣きそうになりながらエミリオを見ると、彼はじっと私を見つめていた。

「エ、エミリオ？」

「それで？　オレの気持ちは分かってもらえたと思うが？」

「へっ!?」

見事に声がひっくり返った。

言われた言葉を頭の中で何度も反芻《はんすう》し、その意味を理解して、ボッと顔が赤くなる。

「え、え、え、え……」

――エミリオが私のことを好き？

体内の温度が急に上昇したような気がした。

確かに妹にも「エミリオ殿下はお姉様のことが好きだと思う」とは言われていた。

だけどとうてい信じられなくて、でも、全部分かった上で彼の小説を思い返してみれば、あれは私に対するラブレターだったのだと理解できた。

嘘みたいな話だけど、エミリオは私が彼を好きになる前から、私を想ってくれていたのだ。

ちょっと俄には信じがたいけど。

本当かな、と疑う気持ちが全くないとは言えないけど。

「で、でも……その、いつから？」

いつから彼に好かれていたのかそれが気になり、聞いてみた。

エミリオが私の手を取り、ロングソファに誘導する。

いい加減、立ち話をするのも止めようということなのだろう。大人しく座ると、彼も隣に腰かけた。

「最初にオレがお前に興味を抱いたのは、あの、ベナルドに婚約破棄された時だな」

「……あったわね。そんなことも」

最早、懐かしいとも思える、ベナルドからの婚約破棄。全てはあそこから始まったのだ。

「大勢の前で恥を掻《か》かされているにもかかわらず、強気なお前に気を引かれた。好感を抱いたのだ。同時にこの女なら、探していた契約妻も務まるのではないかと思えたな」

「……強気だったのは、むしろラッキーと思っていたからなんだけど」

当時のことを思い出し、苦笑する。

私はベナルドが好きではなかった。だから婚約破棄してもらえるのなら願ったり叶ったりだと思ったのだ。

だから強気に出られたし、多くの人に見られても平気だった。むしろ婚約破棄されたところを見ていてくれ、証人になってくれ、くらいの気持ちだったのだ。

「でも、その時はまだ好きではなかったのよね?」

「そうだ」

「じゃ、好きになってくれたのは?」

「結婚誓約書を書いた時だな。あの時、お前が『マンゴーケーキ』だと知り、お前本人に抱いていた好感が恋愛感情へと切り替わったんだ」

「……私がマンゴーケーキだと分かったから好きになったの?」

それってどうなのだろう。

疑問が顔に出ていたのか、まるでそれを封じるように、エミリオがぐっと私の腰を引き寄せてきた。身体が密着する。思わず変な声を出してしまった。

「ひゃっ!?」

「説明するから、結論を急ぐな」

「う、うん……」

そんなことより、距離が近いのをどうにかして欲しいのだけれど。

好きな男と身体を密着させている現実についていけない。頭がオーバーヒートを起こしそうだ。

いや、もちろん嬉しくないのかと問われれば、嬉しいと答えるしかないのだけれど。

――なんか、すごくいい匂いがする！

ムスクのような香りが鼻腔《びこう》を擽り、再度悲鳴を上げそうになってしまった。

男の人ってこんないい匂いがするものなのか。ドキドキしすぎて心臓が痛い。

エミリオが私を抱き寄せたまま、顔を近づけてくる。

「どうした？」

「な、な、なんでもない……」

全部がいっぱいいっぱいで、離れてくれとすら言えなかった。

身体の左半分から彼の服越しにその体温が伝わってきて、更にパニックに陥る。

――誰か、誰か助けて……！

好きになる前ならこんなことをされたとしても「ああ、相変わらずエミリオは甘々だなあ。恥ずかしいから止めて欲しいんだけど」くらいにしか思わなかったのに、好きというフィルターがかかった途端、両手で顔を押さえて暴れ出したいくらいの羞恥を感じる。

でも、一番悔しいなと思うのは、喜んでしまう自分の心だけれど。

好きな人の温度を感じることができて嬉しい。

好きな人に、抱き寄せてもらえて嬉しい。恥ずかしいのも本当だけどそれ以上の喜びがあり、放してとは言いがたいのだ。

完全に恋する乙女となってしまった己には苦笑するしかないが、心を偽ることはできない。

羞恥に震えつつも、エミリオを堪能してしまう。

何を思ったのかエミリオが、ゆっくりと頭を撫でてきた。

「な、何？」

「――いい子だ」

「っ⁉」

本気で何が起こったのか分からなかった。

優しい手つきで頭を撫でられ、冗談ではなく全身の体温が急沸騰した。

動揺しまくる私に、エミリオは笑うだけで答えない。そうしてしばらく私の頭を撫で、満足したのか、彼は先ほどの話の続きを語り始めた。

「え、え、え、エミリオ⁉」

「別にお前がマンゴーケーキだから好きになったわけではない。当たり前だろう。ファンレターを書いた者が誰か分かっただけで恋に落ちるような三文小説、オレですら書かないぞ。言っただろう。元々お前には好感情を抱いていたと。恋愛感情を抱くまでには至らなかったが、それでもそれに近しい感情を、ベナルドに対し強気に応じたお前に感じていた。その前提があったからこそだ」

「前提……」

「元々お前に対してそれなりの好意があった上で、実はお前が長年応援してくれていた、オレが何より大切にしたいと思っていたファンだったと気づいたのだ。だから、オレはお前を好きになった。……多分だが、どちらかひとつだけが理由では、オレはお前を好きにならなかったと思う」

「……そっか」

エミリオの言葉に頷く。私も似たような感じだと思ったのだ。

結婚するまで、私はエミリオに対し、なんとも思っていなかった。

それが共に過ごす中で、次第に好感情を抱くようになったのだ。

甘い台詞を吐いたりするのは困ると思ったけど、彼は決して本当に嫌だと思うことはしなかったし、契約通り私の自由をいつだって尊重してくれた。

趣味に対してもそうだ。

ベナルドには馬鹿にされたことを、彼は当たり前のように受け入れてくれた。

気づけば彼に対する好意は高く積み上がり、だけどもまだ、恋愛感情には至らなかったのに。

それが変化を遂げたのは、エミリオの内面に触れたと思った時。

元々あったものが更に積み上げられ、気づいた時には今度は真っ逆さまに落ちていた。

私も同じだ。

きっと、その話を聞いただけでは好きになったりはしなかっただろう。これまでの積み重ねがあったからこそ、あんなにもあっさりと恋に落ちてしまったのだ。

エミリオが少し不安げに言う。

「お前にとっては、マンゴーケーキだと分かったから好きになったのかと思うのかもしれないが、決してそれだけではない。違うんだ。……それだけは信じて欲しい」

「ううん、大丈夫。私も同じだもの。言いたいことはよく分かる」

エミリオの気持ちが嘘だなんて思うはずがない。

だってそれを否定するということは、自分の気持ちを否定することに繋がるから。

得心し、頷く。

ふと、思ったことを口にした。

「ねえ。つまり、結婚した初日から、もう私のことが好きだったのよね？」

「ああ。あの時に決意したんだ。惚れてしまったからには、絶対に契約結婚という関係から本当の夫婦になってやるとな」

表情に自信が漲《みなぎ》っている。

それは堪らなく格好よかったし、とても彼に似合っていた。

見惚れながらもエミリオに問いかける。

「……契約結婚を取りやめるという考えはなかったの？　好きなのに契約結婚で本当に平気だったの？　嫌だとか思わなかった？」

私はそれがどうしても許せなかった。そう思いながら尋ねると、彼は秀麗な眉を不快げに寄せた。

「は？　思うわけないだろう。むしろ都合がいいと思ったが」

「都合がいい？」

眉を上げる。エミリオがにやりと笑った。

そんな悪役みたいな笑い方さえびっくりするくらい様になるのだから、本当に嫌になるし、更に好きになってしまうのが厄介だ。

己の趣味の悪さに辟易《へきえき》していると、エミリオが堂々と言い放った。

「すでに好きな相手と結婚しているのだぞ。状況を利用するに決まっているではないか。相手には契約結婚だと油断させておいて、あとはじわじわ攻めればいい。結婚しているから他の誰かに取られる心配もないし、むしろ安心だと思ったが、違うか？」

「……わあ」

奇《く》しくも妹と同じことを言われ、頭を抱えたくなった。

でも、ふたりの言うことも分かるのだ。私にはできなかったけれど、できるものならそうしたいとは思ったから。好きな人を自分から手放そうなんて、思いたいはずがない。

「そ、そっか……。えっと、じゃあ結婚後に、急に甘々な台詞をばんばん言ってきたのって、もしかしなくても私を落とそうと思ってやってたとか……言う？」

「それ以外ないだろう」

当然のように肯定が返ってきた。その態度があまりにも偉そうで、だけどもここまで堂々とされると逆に潔いかなと思ってしまう。

「……私、エミリオって、ドモリ・オリエ先生のヒーローみたいなこと言う人なんだなって、今までずっと思っていたんだけど」

「ああ。もちろん意識してやっていた。だってお前はああいう男が好きなのだろう？」

「へ？」

ふっと笑いながら指摘され、目を瞬かせた。

「え、え？」

「お前の男の趣味など、ファンレターを読めば一目瞭然。だから演じてやったのだ。お前が好きそうな男をな」

「はああ!?　どういうこと？」

「そのままの意味だ。お前が好きなキャラは知っているから、それと似たようなキャラを演じた。我ながら健気だと思うぞ。このオレがお前ひとりを落とすため、ここまで努力したのだからな」

見事なネタばらしを食らい、目を見開く。

「な、な、な……あの台詞はわざとだったの！」

「当たり前だろう」

「当たり前って……！」

あっさりと肯定され、わなわなと震えた。そんな私にエミリオが意地の悪い顔をしながら言う。

「だが、お前は悪くないと思っていただろう？」

「……え」

「反応を見れば分かる。困りはしつつも、お前は決して嫌がっていなかった。お陰で方向性は間違っていないと確信できたがな」

「方向性って……！」

「感謝しろ。ドモリ・オリエ自ら、お前用に新キャラをプロデュースしてやったのだから」

「嬉しくない！　あのね、そんなことされても惚れないって！」

決して本人の性格ではないのだから、惚れるはずがない。

実際、甘い言葉を吐かれたところで、私は困った人だなくらいにしか思わなかった。

全く喜んでいなかったとは口が裂けても言えないけれど。

さすがにそれはどうなのかと文句を言うと、エミリオは楽しげに笑いながら言い返してきた。

「分かっている。オレとて、作った性格で惚れられるとは思っていないし、思いたくない。ただ、惚れる切っ掛けのひとつにでもなればいいと思ったんだ」

「切っ掛け……」

「何せ、当時のお前はオレのことを単なる同居人としか認識していなかった。オレを気にするようになってくれるだけでも儲けもの。そんな感じで始めたんだ」

「ええ……？」

そんな軽いノリで、あの甘々態度を取り続けていたとか、逆に怖い気がするけれど。

それに――。

「ねえ、そんなネタバレをしてしまって構わないの？　話を聞いた私が幻滅してしまうかもって不安になったりしないわけ？」

隠し事をせず、詳《つまび》らかに話してくれたのは嬉しいが、実は私を落とすためにわざと好きそうな性格を演じていたとか、引かれたって仕方ない案件だ。

だが、エミリオは自信たっぷりに言った。

「ああ、心配ない」

「……一応聞くわね。どうして？」

なんだか猛烈に嫌な予感がすると思いつつも尋ねる。

だって気になるのだ。彼が何を考えていたのか。

どうして不安にならず、今まで突っ走ることができたのか。

それは私には決してできないことだから、完遂したエミリオが何を考えていたのかどうしたって気になってしまう。

私の言葉を聞いたエミリオがソファから立ち上がる。そうして私に手を差し伸べながら言った。

「バレたところで問題ない。何せ、お前の一番の好みは『腹黒男』だからな。虎視眈々《こしたんたん》とお前を落とすべく見えないところで外堀を埋めていたと知ったところで、お前の好みが腹黒男である以上、嫌われることはあるまいよ」

「〰〰〰!?」

とんでもない発言に、開いた口がふさがらない。

「は、は、腹黒男って……」

「お前がいつもテンション高く感想を書いてくるキャラは、大概、執着が酷い腹黒の色男だろう。甘い言葉と態度で搦《から》め捕《と》り、決して狙った獲物は逃さない。そういう男が好きだと認識していたのだが――違うか？」

今度こそ絶句した。

まさか、ここまで正確に性癖を把握されているとは思わなかったのだ。

確かに、確かに私はエミリオが今言ったようなキャラが好きだ。

一途を通り越し、酷い執着を見せる男。

態度は甘く、ヒロインの好きにさせていると見せかけて、実は自分の望む方向へ知らず誘導していく、腹の中が真っ黒な男。

だけどヒロインが愛を返しさえすれば、一生涯彼女ひとりを愛し続けるそんな男が私は好きで堪らないのだ。

だって恐ろしく一途ではないか。

たったひとりに持てる愛を全て注ぐなんて、なかなかできることではない。

そして、だからこそ自分を嫌うはずがないと告げる腹黒さ満載さを見せつけてくるエミリオを、私はとうに許している……というか、残念なことに最初から怒ってなんていなかった。

だって、今聞いた話は、言うなれば、好きな男が自分を落とすために一生懸命努力してくれたというだけのことなのだ。

それってものすごく私の好きな展開だし、好きな男にそこまで想われていたと知って、嬉しいと思わないはずがない。

——ああもう、完全に絆《ほだ》されているし、落とされているわね。

そもそも、こんなに肯定的に彼の行いを捉えている時点で、終わっている。

きっと私は今更何を言われたところで、エミリオを嫌いになんてなれないのだろう。そんな気がした。

「答えは出たようだな？」

ニヤニヤしながら尋ねてくるエミリオを一応は睨んでみるも、続かない。

怒る振りをすることすら馬鹿らしくなった私は、正直に言った。

「ええ、あなたの言う通りよ。私は腹黒男が好きだし、ついでに言うと、腹黒なところのあるあなたのことも大好き。でも勘違いはしないで。別に私はあなたが腹黒男だから好きになったわけじゃないの。私は、あなたという人間が好ましくて、関わっているうちに気づけば落ちていただけなんだから」

「それは最上級の褒め言葉だな」

笑いながらエミリオが私を抱き締めてくる。心地よい腕の力に身を任せた。

見上げると、彼の青い目が私を捉えていた。

「エミリオ」

「エリザ、愛している」

真剣に告げられた言葉に、ドキッと胸が高鳴った。

喜びの感情が私を覆い尽くす。私は笑みを浮かべ、彼に応えた。

「――うん、私も」

エミリオが顔を近づけてくる。キスされるのだと気がつき、目を閉じた。

しばらくして唇に熱が触れる。

想像以上に柔らかな感触は温かく、勝手に目が潤んでいく。

「エミリオ……」

喜びの涙が出そうになるのを堪えながら目を開ける。エミリオが小さく呟いた。

「――二度と別れたいなどと言わないでくれ」

それに対し、私が返せる言葉はひとつだけだ。

私がエミリオと別れたかったのは、彼が推し作家だったからというのと、あとは、好きになってしまったからという理由からだ。

推し作家云々については、正直まだ微妙なところもある。

推しは近くからではなく離れた場所から応援したいという気持ちが、今も尚《なお》私の中に強くあるから。

でも、その気持ち以上に、エミリオと離れたくないという想いがある。

好きな人の側にいたい。愛する人を支えたい。

そしてその想いにエミリオは応えてくれたから。

だから私が別れたいと言い出すことはもう二度とないだろう。

エミリオの背中に手を回し、胸に頬を寄せる。

「――ええ。もう二度と言わないわ」

抱き締めると、それより強い力で返された。

その強さが何よりも嬉しくて、私は彼に寄り添い、瞳を閉じた。

終章　本当の夫婦になりました

「――というわけで、無事、本当の夫婦になったから。ケイティーにはたくさん心配をかけてごめんなさい」

エミリオとのゴタゴタが片付いた次の日、私はすぐに実家の妹のところに報告に行った。

迷惑をかけまくった自覚はあったし、心配してくれているのも分かっている。

だから真っ先に報告する必要があると思ったのだ。

ケイティーの部屋に入り、開口一番、話をすると、彼女はホッと胸を撫で下ろした。

「よかった……本当によかった」

そうして、気を取り直すように近くの鈴を使ってメイドを呼ぶと、お茶の用意を命じた。

「ホッとしたら喉が渇いたわ。立ち話もなんだし、座ってゆっくり話を聞かせて」

「今、話したことが全てなんだけど」

「いい話は何度聞いても嬉しいもの。特にお姉様については結婚当初からハラハラさせられっぱなしだったのよ？　これが夢でないと確信するためにも、そうね……あと三回は聞かせてちょうだい」

「三回は多いわね」

「何よ。余裕でしょ。だってお姉様、すごく幸せそうな顔をしているもの。十回でも同じ話を繰り返せそうよ」

「……幸せそうって……もしかして、緩んだ顔でもしてる？」

「ええ、とっても」

即答され、己の顔を思わず押さえた。

どうやら私は相当浮かれているらしい。自覚がなかったのが恥ずかしい。

「そ、そう……」

「まあでも、いいと思うわ。私も肩の荷が下りた気持ちだし」

「……ケイティーには本当に迷惑をかけたわ」

「いいの。収まるところに収まってくれたんだから。もう離婚したいなんて言わないわよね？」

確認するように尋ねられ、頷いた。

「ええ、もちろん。二度と言わないわ」

「よかった。それならいいの」

にっこりと笑ってくれるケイティー。その表情から本気で喜んでくれていることが分かり、面映《おもは》ゆかった。

私はもう一度彼女にお礼を言い、用意してもらったお茶を飲んでから屋敷に戻った。

◇◇◇

「ただいま」

「お帰り」

屋敷に帰り、馬車を降りると、エミリオが玄関口まで迎えに来てくれていた。

手を差し伸べられたので、自分の手を乗せる。優しく引き寄せられ、自然と笑顔になった。

エミリオと一緒に家の中に入る。玄関ロビーにある階段を上っていると、彼が言った。

「実家に帰ったわりには早かったな。もう少しかかると思っていたが」

「妹に報告しに行っただけだもの。それに今日はほら……できるだけ急いで帰りたくて」

「そうか」

「……ええ」

こくりと頷く。

ふたりの間に短くない沈黙が流れたが、全く気まずい気持ちにはならなかった。

二階に上がる。エミリオが私の手を放し「それではあとでな」と言った。

「ええ、あとで」

「支度にはどれくらいかかる？」

「一時間あれば十分よ」

「分かった」

短い会話を交わし、それぞれの部屋へと向かう。

自室に戻った私は、女官を呼び出し、とある服を用意するよう告げた。

女官は不思議そうな顔をしたが、すぐに頼んだものを持ってきてくれた。

着替えたいと告げると更に驚かれてしまったが、文句は言わずに手伝ってくれる。

この屋敷に来てくれている女官たちは皆、いい人ばかりだ。

多分、エミリオが厳選してくれたのだろうなと今なら分かる。

「ご用意ができました」

「ありがとう。——頼んでおいたものは？」

「はい。お庭に準備しております」

女官の言葉を聞き、笑みを浮かべる。

着替えた私は部屋を出て、一階に下りた。応接室に向かい、そこから庭に出る。

庭はちょうど薔薇が見頃となっていて、様々な品種が咲き誇っていた。

そんな美しい薔薇に囲まれ、ひとりの男がこちらに背を向けて立っている。

陽光に照らされた銀色の髪。着ているのは黒の正装だ。

王族が、特別な時にだけ着る服。彼はそれを纏っていた。

しかし、後ろ姿ですら美しい。さすがは私の夫である。

「エミリオ」

声をかけると、エミリオがこちらを振り返った。

私を見て、破顔する。

「――ああ、よく似合っている」

「ありがとう。……あなたもとても素敵だわ」

はにかみながらも彼の下へと歩いていく。

私が着ていたのはウエディングドレスだった。エミリオと結婚した時に着たウエディングドレス。

それを今、もう一度着ているのだ。

「待たせちゃったかしら」

「いや、それほどでもない」

差し出された手に己の手を乗せる。白い手袋がとてもよく似合っていた。

王族らしく大綬《だいじゅ》をつけた彼は、まさに世の中の女性が思い描く王子様そのものだ。

格好いいなと素直に思える。

「こっちだ」

エミリオが私の手を引き、庭の中を進んでいく。

彼が私を連れてきたのは、たくさんの薔薇に囲まれたガゼボだ。

八角形の屋根が特徴のガゼボは、中に座れるようになっていて、薔薇の季節はここに腰かけて楽しむのが一番だと知っている。

ガゼボの前に立つ。

まるでタイミングを見計らったかのように、風が吹き抜けていった。落ちかけていた薔薇の花びらが風に煽《あお》られ、舞い上がる。

まるでそれを合図にしたかのように、エミリオが私の前に跪《ひざまず》いた。

「――エリザ。オレの愛しい人。オレはお前を愛している。だからどうかオレの妻となり、その命尽きるまで側にいてオレを支えてくれないか」

真摯に伝えられた言葉に、分かっていたのに泣きそうになってしまう。

涙を堪え、頷いた。

「はい。喜んで」

手を差し出され、それを両手で握る。エミリオは立ち上がるとウエディングドレス姿の私を抱き締めた。

「エリザ、愛している」

「エミリオ、私もあなたを愛しているわ」

ゆっくりと唇を重ねる。

これは誓いのキスだ。

あの皆の前でした結婚式の時とは違う。今回のこれは、心の伴ったもの。

昨日、晴れて両想いになった私たちは、ふたりだけで結婚式をこっそりとやり直そうと話したのだ。

せっかく両想いになったのだから、気持ちも新たに再スタートを切りたい。

エミリオが提案してくれて、私もそれに乗ったのだけれど、実行してみればやってよかったという感想しかなかった。

花嫁衣装を着て口づけを交わすというのは、やはり特別な儀式なのだろう。

今まではあまり実感できなかった『彼の妻』だという気持ちが、じわじわと私の中に芽生えていく。

唇を離し、うっとりとした気持ちで夫を見つめる。

エミリオの目は優しく、私を深く想ってくれているのが伝わってくる。

ふたりだけの誓いをこっそりとやり直した私たちは、仲良くガゼボの中へと入った。

ガゼボの中はそこまで広くないが、そこには小さめの簡易テーブルが設置され、三段のケーキスタンドが置かれている。一番下にセイヴォリー、二段目には、小ぶりのスイーツがいくつかと、そして一番上の段には薔薇をモチーフにしたケーキが載っていた。

これは事前に女官たちに頼んでおいたものだ。

薔薇を見ながらお茶をしたいのでガゼボの中に用意しておいて欲しいとお願いした。

備え付けのベンチに横並びに座る。

せっかくのふたりきり、女官を呼ぶのは気持ち的に憚《はばか》られたので、紅茶は私が淹れることにする。

ティーポットを取り、ふたり分のお茶を淹れると、辺りに紅茶のいい匂いが広がった。

薔薇の匂いがする。薔薇尽くしのアフタヌーンティーだ。

「ふふ、いい匂い」

「ああ、本当だな。だが、その前にこちらだ。エリザ」

「ん？」

エミリオを見る。

彼は内ポケットから四つ折りの紙を取り出してきた。

「それは何？」

首を傾げる私にエミリオは紙を丁寧に広げながら言った。

「ああ、これはな、契約書だ」

「契約書？」

「何せオレたちの結婚は、契約結婚から始まったからな」

どういう意味かとエミリオを見る。

深い意味はないと分かっていたけれども、契約と聞くとどうしても身構えてしまう己が悲しい。

エミリオは「大丈夫だ」と笑うと、契約書を私に見せてきた。

「契約を改定しようと思って」

「改定？」

「――ああ。あの契約はもうオレたちには必要ないだろう？」

「それは……ええ」

その通りだ。

正しく夫婦となった私たちには、あんな契約は必要ない。

怪訝に思いつつも頷くと、彼は「見てみろ」と言った。

契約書を受け取り、目を通す。

そこには一文だけが書かれてあった。

・一生涯、相手を愛し続けること。

「……これ」

「オレたちに必要な契約はこれだけだ。とはいってても契約する必要もないのかもしれないが。契約から始まったオレたちなんだ。それなら最後まで続けてみようと思った」

「……エミリオ」

「この契約は、一度契約すれば解除はできないし、契約期間は一生涯だ。受けてくれるか？　エリザ」

　笑って言われ、目を瞬かせた。

　だってこんなの、結婚の誓約書と何も変わらないではないか。

　でも確かに、結婚自体が契約みたいなものなのだから、これはこれでいいのかもしれない。

　それにすごく私たちらしいし。

　どこから取り出したのか、エミリオが羽根ペンを渡してくる。

　思い切り大きく自分の名前を書き、彼に渡した。

「ええ、もちろん受けてあげる。この契約は一生涯。それはあなたも同じなんだからね」

　そう言うと、契約書を受け取ったエミリオは破顔した。

私に顔を寄せ、軽く頬に口づける。

「ああ、当然だな。オレは一生お前を離さない」

「上等！」

エミリオに抱きつく。

こうして私たちは、新たな契約を交わし、正しく夫婦となったのだった。

番外編　これがオレたちの今の日常

エミリオ・リザーモンド。

それがオレの名前だ。

オレは二十三年前、リザーモンド王国の第二王子として生まれた。

第一王子、ヴィクトリの弟。

兄であるヴィクトリはとても優秀な王子で、オレのことも弟としてとても可愛がってくれた。

オレも兄が好きで、幼い頃は兄の後ろによくついて回っていた。

だけど、いつまでも子供ではいられない。

ある日オレは、気づいてしまった。

第二王子であるオレは、どこまでいっても兄のスペアでしかないということ。

彼が成人して、結婚し、子を儲ければ、その役割すらなくなるどころか、邪魔な存在になりかねないということを。

——オレは一体、なんなのだろう。

残酷な現実に気づいてから、オレはずっと考え続けていた。

第一王子のスペアだというのは、決して考えすぎではなく単なる事実で、王家がどういうものか分かってしまえば、文句など言えるはずもない。

王家には、血を継ぐ男児が必要なのだ。

なんとしても、血統を繋いでいかなければならない。

そのためにスペアは必要。

分かっている。分かっているのだ。だけど、どうしようもなくやりきれなかった。

オレはなんなのか。

オレは皆にとって『第二王子（第一王子のスペア）』でしかなくて、オレ自身など誰も見ていない。

いや、兄は違うかもしれないけれど、でも多くの人たちがオレを兄のスペアとして見ているのは紛れもなく事実だった。

それがどうにも耐えられない。

自分を自分として見てもらえないことが悔しい。

いつか来るであろう用済みとなる日のことを思えば、夜も眠れない。

オレは一体なんなのか。

オレをオレとして見てくれる人は他にいないのか。

オレでないと駄目なことは何もないのか。オレ自身を必要としてくれる人はいないのか。

悩みに悩んだオレはある日、何故か小説を書き始めた。

どうして小説だったのか。明確な理由は今も分からない。

多分、自分の思いを吐き出す場所が欲しかったのだろう。

自分の言葉を、気持ちを叩きつけるように文字を書き連ね、二ヶ月かけて処女作を完成させた。

そして今でも不思議なのだが、何故か偽名と『ドモリ・オリエ』というペンネームを使って、小さな出版社に送った。

別に、評価されたいわけではなかった。

ただ、何もしないのが嫌だった。何かを成して、オレはここにいるのだと訴えたかった。

オレの送った小説は、幸いなことに編集者の目に留まり、発刊されることが決まった。

正直、売れるとは思っていなかった。だけど予想は外れ『ドモリ・オリエ』は世間から高く評価されるようになった。

小説家として売れるということは、作品が、オレの書いたものが認められたということに他ならない。

初めて『オレ』でないと駄目なものが認められ、オレは本当に嬉しかった。悩んでいた日々から脱出できたような、そんな気すらしていた。

それは気のせいなんかではなくて、小説家として売れていくたびオレはオレ自身を取り戻していくような気がしていた。

ファンレターを送ってくれるような熱心なファンもできた。

オレはようやく落ち着いて息ができたかのような、そんな心地になっていた。

◇◇◇

「エミリオ。そろそろお前も結婚しなくてはね」

兄に呼び出されたのは、そんなある日のことだった。

結婚という言葉に眉が寄る。

たとえ第二王子という立ち位置でも、王族は王族。いつかは結婚しなければならないことは分かっていた。

だが、すでに兄は成人し、子もふたりいるのだ。

スペアであるオレが結婚する必要性は本当にあるのか。正直、別に生涯独り身でも構わないのではないかと考えていた矢先だったので、不快感が先に来る。

「別にオレが結婚する必要はないでしょう。兄上がいれば、王統は安泰。オレが結婚する意味など――」

「意味ならあるよ。私はお前に幸せになって欲しい。そのためには人生を共に歩む相手が必要だと思うんだ。独り身で一生を過ごすのはとても寂しいことだと思うからね」

「……気に入らない相手と結婚したところで不幸にしかならないと思いますが」

「もちろん、お前に気に入る相手がいるのなら、遠慮なく連れてくればいい。私は心から祝福するよ。でもそういう相手がいないのなら、私がいい子を紹介しようかと思ってね」

「余計なお世話です」

「……お前が心配なんだよ」

「……」

「別に子供を作れと言っているんじゃない。ただ、このままお前が自分の世界に引きこもって生涯を終えてしまわないか、本当に心配なんだ」

「別にそれでも――」

「駄目だよ。そんなこと、私が許さない。お前にはどうあったって幸せになってもらうと決めてるんだ」

「……勝手なことを」

舌打ちをする。

放っておいて欲しいというのが本音だったが、兄の声が本気であることに気づけば、無視をするのも難しい。

兄が真剣にこちらを案じているのが伝わってくるだけに、強く拒絶するのも憚られた。

「……オレが選んだ女なら」

「！　そうか！　それで!?　いつ、いつだい？　いつその女性を紹介してくれるのかな！」

「……まだいませんよ」

「そう言って私を誤魔化すつもりではないだろうね？　騙《だま》されないよ」

真偽を問い質《ただ》すように兄がオレを見てくる。直視できず目を逸らした。

ここぞとばかりに兄が言う。

「ほら！　目を逸らした！　やっぱり適当なことを言って、逃げる気なんだろう！」

「……違います。ちゃんと探しますよ」

「本当だね？　……なら三年だ。三年待つから、それまでにお前の気に入る子を探しておいで。それができないなら、私自ら紹介することにするよ」

「は？　勝手に期限を区切られるのは困ります！」

「そうでもしないと、お前は本気になってくれないだろう？　私に紹介されるのが嫌なら、好きな子を連れてくればいいだけ。簡単じゃないか」

「……簡単なわけないでしょう」

勝手に期限を設けられては堪らない。そう思い、なんとか兄を説き伏せようとしたが、兄は退かず、結局三年という意味の分からない期限が設定されてしまった。

オレを思ってのことだとは分かるが、鬱陶しい。

それでも、兄に紹介された女と結婚するのは嫌なので、仕方なく重い腰を上げた。

結婚しなければならないのなら、せめて自分で選んだ女にしたい。

与えられたものに満足なんて絶対にしたくなかった。

特に生涯の伴侶となるのならなおさらだ。

そうして不本意ながらも相手探しのために、貴族の主催する夜会に参加するようになったオレだったが、その結果は芳しいものではなかった。

自分で言うのもなんだが、オレは相当見目がいい。そして第二王子という身分もあり、玉の輿《こし》を狙った女とその親がこれでもかというほど寄ってくるのだ。

「殿下。エミリオ殿下。よろしければ、今夜私と——」

「エミリオ殿下。我が家で作ったワインをお召し上がりになりませんか。実は私には年頃の娘がおりましてな。それは殿下のことをお慕いしていまして——」

どいつもこいつも見ているのは、オレ自身ではなくオレの外見であり、立場であることは明白。

オレ自身を知ろうなんて者は誰ひとりいなかった。

抜け駆けしようと皆、必死で『当人を知る』ことが抜け落ちているのだ。

オレにとっては何より大切なことなのに。

とはいえ、知ろうとされても上手く躱したとは思うが。

だって、オレには秘密にしていることがある。

オレが作家だということは、ごく少数を除いて誰も知らないし、新たに誰かに知らせようとも思わない。

もし知られて広められても厄介だし、書いているのは恋愛小説だ。

馬鹿にする者も出てくるだろう。それが分かっていて、教えようとは思わなかった。

もちろん、妻になる女にさえも。

つまり結局オレは、妻を迎えたところで、自身に深入りさせる気など最初からないのだ。

そう考えれば、オレに必要な存在はどういうものなのか、自《おの》ずと分かってくる。

オレに要るのは形だけの妻となってくれる女性。

そもそも性交渉の必要性も感じていないから、となると契約結婚をしてくれる女性を探すべきという結論を出した。

だが、そんな都合のいい女が存在するだろうか。

兄に決められた期限が迫ってくる。

小説を書きながらも、時間を作っては夜会に出向き、そしてついにオレはとある女を見つけた。

ローラン公爵に招かれ、訪れた夜会の場。

そこで、滅多にお目にかかれないものを見た。

ローラン公爵の息子ベナルドが、己の婚約者に婚約破棄を突きつけるという、前代未聞の醜聞が発生したのだ。

婚約破棄を突きつけられたのは、同じく公爵家の令嬢、エリザ・マリオネット。

マリオネット公爵といえば、王の覚えもめでたい優秀な人物。その娘との婚約をおそらくは父親の承諾なく破棄するという男を見て、あまりの醜悪さに吐き気が込み上げてくる。

――ああ、こんな男と婚約させられた令嬢も気の毒に。

婚約を破棄されるなど、女性にとっては名誉を傷つけられるのも同然。しかもこんな衆人環視の中で自身を見世物にされたのだ。きっと令嬢はショックを受け、泣くだろう。

それは当たり前だし、気の毒なことにと本気で思った――のだけれど。

オレの予想はいい意味で裏切られた。

エリザ・マリオネット公爵令嬢は、泣くどころか酷く晴れやかな表情で、男との婚約解消に同意したのだ。

まさにせいせいしたと言わんばかりの態度は爽快なほどで、オレは彼女に対し、急速に興味が湧いてくるのを感じていた。

——面白い。

こんな面白い女初めてだ。

彼女を見つめる。ここで初めてその外見に目を留めた。

真っ直ぐな紺色の髪と、夏の空のような青い目が特徴の、ほっそりとした女性だ。

公爵家の令嬢らしく、上品な顔立ちをしている。だが目尻は吊り上がっており、気が強いのだろうなというのが分かった。

ベナルドは彼女のことを、自分を放置し、平然と読書に勤しむ女だと言っていた。

更に言えば、今の彼女の態度を見れば、サバサバした性格であることは明白。

——悪くない。

オレはここに来て、探していた女をようやく見つけた心地になっていた。

彼女となら、結婚してもいい。そして彼女なら、オレの契約結婚をして欲しいという申し出も快く受けてくれるのではないか。そんな風に思えた。

だから、オレは今まさに婚約が解消された現場に割って入ったのだ。

要らないのならオレが貰う。

そうしてオレの読みは当たり、彼女——エリザは契約結婚の申し出に頷いた。

正直、こんなにも望んでいた通りの人材に出会えるとは思わなかったので、笑いが止まらない。

エリザはオレ自身には全く興味がないようだったが、契約結婚だと考えれば、愛を乞われないのは有り難い限りだし、こちらだって彼女が欲しいとは思わない。

ただ、ひとりの人間として好ましいとは思うが。

オレに媚びてこない女は珍しいいし、色を感じさせない笑顔は好感が持てる。

我ながらいい結婚相手を選んだものだ。そう思い、兄に早速報告した。

◇◇◇

「兄上、結婚したい女ができました。エリザ・マリオネット公爵令嬢。マリオネット公爵家の令嬢です」

「マリオネット公爵家の令嬢!?　いや、私としてはお前の身分的にも公爵家の令嬢を選んでくれて嬉しいけれど、彼女には確か婚約者がいなかったか？」

「幸運なことに婚約は破棄されました。その現場にちょうど居合わせたんですよ」

兄に詳細を報告する。

婚約解消後、新たな婚約者として即座に立候補したと告げると、兄は呆れたようにオレを見た。

「その令嬢とは初対面なのだろう？　一体、何が気に入って求婚しようと思ったんだい？」

「一目惚れみたいなものですよ。堂々とした立ち居振る舞いが気に入ったのです。あの胆力は、並みの女にはありません」

「……まあ、お前がその令嬢がいいと言うなら私は構わないけれど、頼むからすぐに離婚だなんて止めてくれよ？　王家の人間が離婚だなんて醜聞沙汰もいいところなんだから」

「分かっていますよ。せいぜい仲良くやるつもりです」

離婚なんて面倒なことするはずがない。

彼女がオレとの契約を守ってくれる限り、オレはこの偽りの結婚生活を続けるつもりなのだ。

兄は何か言いたげにオレを見ていたが、諦めたように肩を竦めた。

「私はお前に幸せになって欲しいだけなのだけれどね。……その彼女となら幸せになれるのかな」

「ええ、きっと」

オレにとっての幸せは、執筆の邪魔をされず、王子としての仕事の邪魔をされず、プライベートを侵されないこと。

それは彼女となら叶うだろう。

笑みを浮かべるオレを見た兄はため息を吐きはしたが「お前が幸せになれるというのなら、反対する理由は何もないね」と最終的にゴーサインを出してくれた。

◇◇◇

結婚式はひと月後に行われることが決まった。

オレの気が変わることを兄が恐れたのだろう。結婚準備は恐ろしい速さで進み、あっという間に当日を迎えた。

結婚式は手順通りに進む。

ウエディングドレスに身を包んだエリザは美しかったが、特にそれ以上の感想は抱かなかった。

彼女と話すのは楽しい。

オレに見惚れることなく、媚びを売るわけでなく、普通に接してくれるからだ。

好感度は高く、彼女とならいい友人になれるのかもしれないなとまで思えたが、女性として見ることはなかった。

だが、それはとあることで覆される。

結婚式の最後。

結婚誓約書にサインをした時。

まずは彼女が署名をしたのだけれど、その筆跡を見たオレは、本気で時が止まったかと思うほど驚いた。

――は!?

あり得ないことが今、目の前で起こっている。

オレの妻となる女性の筆跡、それはオレがよく知るものだったのだ。

オレが新作を出すたび、毎度の如く分厚いファンレターを送ってくれる『マンゴーケーキ』というふざけたペンネームの……筆跡からおそらくは女性。

一時期オレが作家として酷く悩んでいた時、オレの不安を払拭するファンレターを送ってくれた、オレにとってどこまでも特別なファン。

彼女がくれる手紙は毎回何度も読み返すから、筆跡も覚えていたのだけれど。

なんの因果か、その彼女のものとエリザの筆跡は完全に一致していたのだ。

——どういうことだ？

式の最中だと分かっているが、考えずにはいられない。

何度も彼女の筆跡を見返す。やっぱりどう見ても、同一人物が書いたものだとしか思えない。

もしかしたら、マンゴーケーキが彼女に代筆を頼んだのかもとも考えたが、おそらくそれはないだろう。手紙を見れば一目瞭然。本人が書いたものであることは間違いない。

となれば、そこから導き出される結論はひとつ。

エリザ・マリオネット公爵令嬢が、オレのファン『マンゴーケーキ』だということだ。

「……」

澄まし顔で立つエリザを見つめる。

毎度、信じられない枚数の手紙を送ってくれるマンゴーケーキがまさかエリザだったなんて、ものすごい偶然もあったものだ。

——でも、そうか。彼女がオレの妻になるのか……。

感慨深い気持ちになる。

殆《ほとん》ど初期の頃から応援し続けてくれたマンゴーケーキ。その彼女と自分が結婚するという事実がちょっと信じられなかったのだ。だけどこれは現実。

「……」

無言で彼女の書いた結婚誓約書を見つめる。ここにオレの名前を書けば婚姻は成立。

彼女はオレの妻となる。

――悪くないな。

なんだか不思議と楽しい気持ちになった。羽根ペンを取り、署名を済ませる。

これで彼女はオレの妻となった。

契約結婚の相手にと選んだ相手が、まさかオレのファンだったとは思いもしなかったが、それはそれで悪くない。

いや、悪くないどころかオレにとっては最上の相手ではないだろうか。

気分よく結婚式を終える。そのあと、庭でお披露目があったがそれも上機嫌のまま済ませた。

解散後はふたり馬車に乗り、新居に向かう。

隣に座るのは新妻となったエリザだ。

彼女を改めて見つめる。紺色の髪を結い上げた彼女は、なんだかとても綺麗なような気がした。

もちろんエリザは美しい女性だ。

公爵令嬢として育てられただけあり、所作は綺麗で、顔立ちも整っている。

彼女の美しさは柔らかいというよりは硬質で、陶器でできた等身大の人形がいるのかと思うくらいだ。

だが、それはあくまでも黙って座っていればという話。

実際のエリザは、好戦的で、気が強い。大人しやかなお人形などとは冗談でも言えない力強さが彼女にはあるのだ。

だからこそ、元婚約者に婚約破棄を言い渡されても平然としていられたのだろう。

そんな彼女の姿にオレは好感を抱いたし、でもその彼女が実は『あの』マンゴーケーキだということにものすごいギャップを感じていた。

マンゴーケーキのファンレターは礼儀正しいが、終始とてもハイテンションなのだ。

ひたすら作品への愛を叫び続けているかのような手紙で、毎回その熱量にオレは嬉しくも面映ゆい気持ちになっているのだけれど、そのマンゴーケーキと今の彼女は全く結びつかなかった。

だけど間違いなく本人だ。

ギャップの激しさには驚くばかりだけれど、それもまた彼女が持つ側面だということだろう。

――可愛らしいものだな。

今のツンと澄ました彼女の中に、キャアキャアオレの作品について騒ぐ一面があることを、一体何人が知っているのだろう。

そう考えた時、それが自分だけであればいいのにと思った己に気づいてしまった。

――は？

何故。

別にオレだけでなくてもいいだろう。

そう思おうとしたが、彼女の可愛らしい一面を自分以外も知っているというのは考えただけでも不快になる。

特に、それが男だとしたら――。

嫌だ。無理だ。絶対に受け入れられない。

エリザの可愛さなどオレだけが知っていればいいだろう。

――？？？

頭の中が混乱している。

一体オレはどうしてしまったのか。

混乱しつつも再度隣に座るエリザを見つめ、彼女がウエディングドレスを纏っていることに酷く満足した。

そうだ。彼女はもうオレの妻なのだ。オレ以外の男が近づくことなどできはしない。

その事実に大いに安堵し――いや待て、どうしてオレはホッとしているのだ。

エリザは契約結婚の相手であって、それ以上でもそれ以下でもない。

彼女に友愛に近い感情は抱いているし、かなり好感度も高いが、それは決して恋愛感情ではない……はずなのに。

それならどうしてオレは、彼女が自分の妻であるという事実にこんなにも安堵を覚えているのか。

「……」

長い息を吐き出す。結論はすぐに出た。

——そういう、ことか。

少し考えれば答えなど簡単。

何せこれでも恋愛小説家なのだ。人が恋に落ちる瞬間を何度も想像し、書き続けてきた。人が恋をする時の心の動き。相手に対してどんな感情を覚えるのか。

今まで友人だと思っていた相手が、一瞬で特別へと変わる瞬間。それをオレはずっと書き続けてきたから、正確に己の心を理解できた。

間違いない。

今オレが抱いている想いは友愛などではなく、恋愛感情だ。

分かってしまえば少し前の己の様子にも納得できる。

結婚式のあとのお披露目。普段なら面倒だと思うようなパーティーをオレは終始非常に気分よく過ごしたではないか。

更にいえば今だ。

結婚式に挑んだ時は、綺麗だなとしか思わなかったエリザのウエディングドレス姿。

それが今のオレには、眩《まばゆ》いほどに美しく見えるし、彼女が自分のものになったという喜びでいっぱいなのだ。

彼女はオレの妃になった。もう誰にも取られることはないと喜び、今もふたりで暮らす離れに行くことを楽しみにしている。

こんなの、エリザを恋愛の意味で好きだからとしか、どうしたって思えないではないか。

誰が聞いても「お前は彼女のことが好きなのだ」と言うだろうし、オレだってそう答える。

好きな女と結婚できて浮かれている状態。

まさに今のオレを正しく示した言葉だろう。

「……」

頭を抱えたい。

どこでどう、感情がひっくり返ったのか。

いや、切っ掛けなど分かっている。

オレがエリザに惚れたのは、彼女がマンゴーケーキだと気づいた時なのだろう。

元々オレは、エリザに対する好感度が高かった。もちろんマンゴーケーキに対してもだ。

その高い好感度を抱いているふたりが実は同一人物だったと気づいた時、友愛が恋愛感情を含むものへと変化したのだ。

オレはずっとマンゴーケーキの手紙に励まされ続けてきた。そのマンゴーケーキが自分の前に現れ、しかもそれが元々好感を抱いていた女性だったのだ。好きになる切っ掛けとしては十分すぎるとは思うが――実際それで落ちてしまった自分がチョロすぎて嫌になる。

まさかこんなことになるとは思いもしなかったが、嘆いても好きという事実が消えるわけではないし、自覚した以上は、この恋を成就させる心づもりだ。

何せ、好きになった女性はすでにオレの妻となっている。この状況を利用しない手はないだろう。

――となると、契約内容も少し変更した方がいいな。

離れに着いたら、サインしてもらおうと、事前に契約結婚について条件面を書面に起こしたものを用意しておいたのだ。

そこには、契約条項をひとつでも破れば即離婚と書いていたが、まずはそれを外さなければ。

何せ、オレはエリザに惚れてしまったのだ。それなら正真正銘、正しく夫婦になりたいし、離婚する機会など与えない。

――待っていろよ、エリザ。絶対にお前を落としてみせるからな。

暢気《のんき》に車窓から外の景色を見ているエリザに目を向ける。

好きになったからには絶対に落とすし、本当の夫婦になってもらう。

まずは、オレがドモリ・オリエだということに、どこかで気づいてもらわなければ。

彼女がマンゴーケーキなら、正体を明かすことに不安はないし、むしろそうした方が後々プラスに働くだろう。

あとは、オレを全く異性として意識していない彼女に揺さぶりをかけるためにも、彼女が好きなキャラっぽく迫ってみることを決めた。

彼女はヒロインに対し、一途で、甘々な男が好きなのだ。

そういう男をオレ自身が演じてやればいい。

惚れるまではいかなくても、何か感情が変化する切っ掛けのひとつにでもなれたら。そう思った。

あっという間にエリザを落とす算段をつけたオレは、こっそり改変した契約書を笑顔で差し出し、エリザは疑うこともなく素直にサインをしてくれた。

こうして始まった結婚生活。一緒に暮らしていくうちに、オレの正体に気づいてもらおうと考え、わざと色々隙を見せたりもしたのだけれど、残念ながらそれは見事に空振りに終わった。

一緒に暮らせば、彼女の性格だって見えてくる。

キツいところもあるが、エリザは基本的に、とても真面目な性格だった。

契約に忠実で、こちらがして欲しくないことは絶対にしない。不必要に踏み込んでくることもないから、契約結婚の相手としては理想的だと言えた。

オレの見る目は正しかったというわけだ。

だが、エリザと距離を縮め、本当の夫婦になろうと企《たくら》んでいる身としては舌打ちでもしたいところ。

隙を見せて、ここぞとばかりにアピールしてやろうと思っても、まずその隙を突いてくれなければ始まらない。

作家の本領発揮とばかりに、エリザの好きそうな甘々男をこれでもかというほど演じてみたが、こちらも思ったほどの効果は得られなかった。

酷く、もどかしい。

とはいえ、このまま引き下がるつもりは毛頭ない。

オレは考え、ひとつ、ある意味とてもオレらしい手を打った。

来月に出る予定の新刊。そこに今までエリザと行ったデートの場所や、そこで話したことなどをこれでもかというほど鏤《ちりば》めたのだ。

これは、オレからエリザに宛ててのラブレターのようなもの。

オレのファンであるエリザは間違いなく読むだろう。

そして読めば否応なしに気づくはず。

オレが、ドモリ・オリエだということに。

彼女を、深く愛しているということに。

正体もだが、まずはオレの気持ちに気づいて欲しい。何をするにも全てはそれからだと思うから。

◇◇◇

待ちに待った発売日がやってきた。

鈍いエリザではあったが、さすがに新刊を読めば、オレの正体にも気づけたようだ。そこまではよかったのだが、何故か彼女は離婚すると言い出した。もちろん全力で阻止したが、何故そんな結論になったのか、誰か教えて欲しいところだ。

オレはただ、エリザのことが好きなだけなのに。

彼女を本当の妻として迎えたい。そのために、好きになってもらおうと努力しているだけだというのに。

離婚など絶対にするものか。

なんとか丸め込み、彼女に婚姻の続行を了承させた。

それで片付いたと思ったのに、彼女はまた思い詰めた顔で、話がしたいと言ってくる。

二度目の離婚危機。

当然、オレの方に同意する気はないが、これだけ短期間で二回もというのはさすがに凹《へこ》む。

余程オレに気がないのか、愛を告げるには早すぎたのかと焦ったが、違った。

オレのことが好きだから別れたいと言ってきたのだ。

——は？

一体何を言っているのかと思った。

好きだから別れたい？　全く意味が分からない。

だがエリザは本気らしく、彼女の顔からはなんとしても別れてやるという悲壮な決意が伝わってくる。

……というか、どうやらエリザは全くオレの気持ちには気づいてくれていないらしい。

目を潤ませ「あなたにとっては迷惑な話でしょう？」と言われればさすがに勘づくし、好かれていると思っているのなら、そもそも別れようなどと言うはずがないだろう。

——本当に気づいていなかったのか……？

オレが彼女に宛てて書いたラブレターも思い切りスルーされていて、頭を抱えたくなった。

あれだけ分かりやすくアピールしていたのに分かってくれていなかったとか。

俄には信じがたかったが、エリザには変に思い込むところがあるようだから、もっとストレートにはっきり言ってもよかったのかもしれない。

正直、肩透かし感が半端ない。

自分で自分のしたことを説明するほど格好悪いこともないと思ったが、言わなければ始まらない。

如何にオレがエリザに惚れているのか、全ての説明を終えて彼女を見ると、顔を真っ赤にしていた。

よかった。どうやら疑われずに済んだようだ。

その後、紆余曲折《うよきょくせつ》はあったが、なんとか無事、エリザを手に入れることに成功した。

そもそもオレたちは好き合っていて、しかもすでに夫婦なのだ。

誤解さえ晴らすことができれば、あとは簡単だった。

その日のうちに正しく夫婦となったオレたちは、新たに契約を結び直し、新婚らしい生活を送り始めた。

互いに干渉しない日々はすでに過去のもの。

オレたちは自分を偽ることなく毎日を過ごしていて、彼女はオタク趣味を隠さなくなったし、オレも、わざと甘々キャラを演じることは放棄した。

オレは本来そういうタイプではないし、エリザに聞いてみても、実際にされるのは恥ずかしいだけだと言っていたし。

ずっとオレの結婚について心配していた兄も、最近では仲良くしているオレたちを見て、ホッとしている様子。

この間会った時に「ま、終わりよければ全てよしと言うからね」と意味深に言われた時は冷や汗を掻いたが、契約結婚をしていたことなど、言わなければ誰にも分からないはず。

ただ、あの人は異常に聡《さと》いところがあるので、全部を知られている可能性は十分すぎるほどある。

◇◇◇

エリザの部屋の扉をノックする。彼女はすぐに返事をし、部屋の扉を開けてくれた。

中に入る。

今のオレたちは、相手の部屋にも気軽に出入りするようになった。

もちろん、プライバシーは大事なので勝手に入ることはしないが、こうしてお互いを招き入れるくらいは普通にする。

「エミリオ？　ええ、殆ど終わったけど」

「エリザ、準備はできたか？」

出迎えてくれたエリザは、上品な水色のワンピースを着ていた。肌をあまり見せないデザインだ。スカートも膨らみがあまりないせいか、細身の彼女が更に細く見えた。

髪は一部を編み上げにして、顔周りをすっきり見せている。

その姿はオレ以外の誰にも見せたくないくらいに愛らしい。

恋に狂っているせいだと言われればそれまでだが、実際にそう思えるのだから仕方ない。

可愛らしいオレだけのエリザ。彼女と正しく夫婦になれた喜びを噛みしめていると、帽子と日傘を両手に持ったエリザが、困ったような顔で言った。

「今日はまたあの牧場へ行くのよね？　帽子、被っていった方がいいかしら。それとも日傘？　それで迷っていて——」

「帽子の方がいいだろうな」

鍔《つば》の広い白い帽子を指さす。

今日は、以前にも一度出かけた牧場へ、再度の視察に出かけるのだ。

日差しがあるので、日除けの道具は必要だが、目的を考えれば両手は空けておいた方がいい。

エリザは素直に日傘を置き、帽子を被った。彼女の愛らしさが更に際立つ。

——ああ、帽子もよく似合う。

今度、新しい帽子でもプレゼントしようか。

そんなことを考えていると、エリザがニコニコしながらオレに話しかけてきた。

「ねえ、視察って言うけど、実はデートのお誘いなんでしょう？　私が動物好きなのを知っているから誘ってくれたのよね？」

「まあ、そうだな。お前の喜ぶ顔が見たかったんだ」

今更、隠すことに意味はないので正直に答える。エリザはぱあっと破顔した。

「やっぱり！　ありがとう。前も楽しかったから、誘ってもらえて嬉しいわ」

「それならよかった。オレもお前が楽しそうにしている顔を見るのは嬉しい」

楽しげにしているエリザを見るのはオレの楽しみでもある。

王子業に作家業、大変なことも多いが、どんなに疲れていても彼女の笑顔を見ただけで吹っ飛ぶような気がするから不思議なものだ。

愛妻というのは、こんなにも人生を彩ってくれるものだったのか。彼女といると、結婚してよかったと心から思う。

「……」

「どうした?」

何故かエリザがじっとオレを見ている。気になり声をかけるも、彼女は「ううん、なんでもない」と言って答えなかった。

不思議に思いつつも、彼女をエスコートし、玄関口に待たせてある馬車に乗る。

馬車の中では、主に先日発刊した新作の話になった。

「今回の話もすごくよかったわ……!　特にヒーローが私好みで。あ、ファンレターはまたしっかり書いて送らせてもらったから」

一緒に暮らしているにもかかわらず、エリザは出版社にファンレターを送ってくれる。

実際に感想を伝えられるのもいいが、彼女の手紙に勇気づけられてきた身としては、未だに続けてくれていることが嬉しかった。

「そうか。楽しみにしている」

「気恥ずかしい気持ちはあるんだけどね。エミリオが喜んでくれてるって知ったから」

恥ずかしいのか、もじもじと身体を揺らすエリザ。そんな仕草も思わず口づけしたくなるほど可愛い。

にやけそうになるのを堪え、できるだけ冷静に告げる。

「ああ、お前の手紙は、オレの執筆意欲に繋がるからな」

「ふふ、大袈裟。でもそう言ってもらえるのは嬉しい」

「大袈裟なものか。オレはお前の手紙を読むたびに勇気づけられてきたのだ」

オレの心が伝わればいい。そう思いながらエリザの目を真っ直ぐに見つめる。

「今となれば、お前の存在自体がオレの意欲の元だがな。お前が楽しみに待っているのだと思えば、厳しい締め切りでもなんとかこなそうと思える」

「も、もう……エミリオってば」

「なんだ。嘘ではないぞ」

妙に照れ始めたエリザの腰を抱き寄せた。彼女は素直にオレの胸にもたれかかってくる。

思いが通じ合う前にはなかった行動だ。こういう何気ない動きに気がつくたび、喜びが全身を駆け巡る。

「……分かってる。でも、エミリオって甘いんだもの。ね、この間、もう甘々キャラを演じるのは止めるって言ってなかった？　全然変わらないんだけど」

「？　止めたが？」

何を言っているのかと彼女を見る。エリザは啞然とした顔でオレを見返してきた。

「嘘でしょ？　これで？」

「ああ。これはオレが思っていることを口にしているだけで、特に甘いことは言っていないと思うが」

何せ、甘々キャラを演じるのはかなり疲れるのだ。

やる必要もないのにするほど、オレは暇ではない。

「……え」

ポカンとしてこちらを見るエリザの頬が徐々に赤くなっていく。

「エリザ？」

「そ、それ……演技じゃなく、素なんだ」

「？」

眉が中央に寄る。エリザは言い訳するように言った。

「い、いやだって……止めるって言うから、前のクールな感じになるのかなと思っていたら全然変わらないんだもん。どういうことかなって謎だったの」

「オレはそんなに甘いか？」

全く自覚はなかったので尋ねる。エリザは真顔で頷いた。

「すっごく。『王子様は眠らない』のトール様もびっくりよ。言葉だけでなく声自体も甘いの」

「は？　トールより？　嘘だろう？」

「本当」

「……」

トールというキャラは、オレの書く小説のキャラの中でも一、二の人気を誇る。甘い台詞が特徴的で、いつも書く時はかなり気をつけているのだ。

正直、甘い台詞とはなんだ……と小一時間、机の前で呻《うめ》いていることもある。

そんなトールより、オレが甘い？

「……冗談だろう？」

本当にそうなら、オレはトールの台詞に苦労していない。

思いついたままを書けば済むということなのだから。

だが、どんなに思い返しても、自分が甘い台詞を言っているとは思えなかったし、小説のネタになりそうなものもなかった。

エリザが可愛く愛おしい存在なのは当たり前のことで、特に特筆するような話ではないし。

「……全く思い当たる節がないが」

「ええ？　でも、トール様のあの台詞を全部エミリオが書いていることを考えれば、エミリオには元々そういう素質があったのではとも思うわ」

「素質って……」

「甘々の素質」

「本当に持っているのなら、トールの台詞も楽勝なはずだ」

「え、エミリオ、トール様の台詞に苦悩していたりする？」

「ものすごくな」

ため息を吐きながら肯定する。エリザは信じられないという顔をしてきた。

「嘘でしょ……普段からあんなに甘々台詞を口にしているくせに」

「こちらに自覚がないのだから、仕方ないだろう。オレだって苦労せずに書けるのならその方がいい」

甘々とは、なんて考えずに済むのなら有り難い限りなのだ。

「それはそうだろうけど……ええ？　本当に無自覚でやってるんだ」

「そうみたいだな」

「……ね、じゃあもしかして、顔が甘いことにも気づいてない？」

「顔？」

どういう意味だ。ますます分からないと思いながらもエリザを見ると、彼女は「わあ……」と言い、己の口元を押さえた。

「エリザ？」

「いやあの……エミリオってね、すっごく甘い顔をするのよ。普段はクールなのに、私を見る時だけ、すっごく優しくて蕩けそうな顔……」

「……は？」

思わず自分の顔に触れた。

「そんな顔はしていないが。いや、それこそ甘々キャラを演じていた時は、そういう顔もしていたかもしれないが」

「ううん。あの頃より今の方が断トツで甘い」

「……」

断言され、口を噤んだ。

いや、そう言われても本当に自覚はないのだが。

エリザを好きだという気持ちが、表情にまで表れているのだろうか。だとしたら、オレもずいぶんと単純になったものだ。

「……嫌なら、止めるよう意識してみるが」

自覚はないが、自分が甘い顔や声をしていると分かっていれば、多少は改善することができるのではないだろうか。言葉もできるだけ気をつけるようにしてみよう。

そう告げると、エリザは「いや、いいの！」と慌てて止めてきた。

「うん？」

「べ、別に嫌とかそういう話ではないから」

そう言ったエリザは耳を真っ赤にしている。

その姿は食べてしまいたくなるくらいに可愛いし、妙に情欲を誘った。

「エリザ」

「そ、その……ご存じの通り私は腹黒な甘々キャラが好きなので……その、エミリオの言葉も、甘い態度も嬉しかったりなんて……って、何を言わせるのよ！」

熟れた林檎《りんご》のような顔をして文句を言ってくるエリザを堪らず抱き寄せる。

胸を掻きむしりたくなるくらいに、可愛らしかった。

まさか自分が女性に対し、可愛いと思う日が来るなんて思わなかった。だが、悪くない。

今なら兄の言った「幸せになってもらいたい」にも納得できるし、胸を張って幸せだと答えられる。

「嫌でないのならいい」

耳元で囁くと、彼女はビクリと肩を震わせながらも返事をした。

「……う、うん」

「自覚はなかったが、お前のことが好きだからどうしても甘くなるのだろう。正直、こうして体験するまで分からなかった。甘い台詞というのはどうやら無意識に出てくるものらしい」

「ん……」

「愛している」

顎を指で持ち上げ、ピンク色の唇に口づける。エリザはうっとりとした表情でそれを受け止めてくれた。

ギュッとオレの上着を摑み「私も愛してる」と答えてくれるのが嬉しい。

こういう些細なやり取りがなんとも言えず幸せで、やはり結婚は相思相愛でするものだなんて、少し前のオレが聞けば、何かよくないものでも食べたのかと言いたくなるような言葉まで思い浮かんでくる始末だ。

抵抗がないのをいいことに、そのまま彼女の顔中にキスをする。

「好きだ……」

「んっ、ふふ、私も……」

勝手に言葉が零れ出る。

額や頬、目元など、あちこちにキスをすれば、エリザはクスクスと笑い始めた。

「もう……そろそろ止めてよ、擽ったい」

止めてと言いつつ、その声は酷く甘かった。

嫌がっていないのは明白だ。それに気をよくしたオレは、エリザの頬をするりと撫でた。

「そうか？　オレはすべすべの感触が心地いいが。お前はどこも滑らかな手触りだな。いつまでも触れていたい心地になる」

「私はエミリオの唇の感触が好きよ。柔らかくて、とても熱いの。触れられた場所から熱が伝わって、すごく幸せな気持ちになる」

嬉しそうに言われ、こちらまで頬が緩む。彼女の顎をもう一度持ち上げ、言った。

「では、もう一度キスしようか」

「……うん」

エリザが目を瞑る。キスを待つその頬は上気していて、なんとなく夜の彼女を思い起こさせた。

思いを通じ合わせたオレたちは、正しく夫婦として暮らしている。

つまりは夜も共に過ごすようになったというわけで。

昨夜、オレの腕の中で乱れに乱れたエリザのことを思い出せば、下半身が熱くなる。

それを誤魔化すように、できるだけ優しく口づけた。

ゆっくりと唇同士を触れ合わせ、息が続くギリギリのところで放す。

「……ん」

鼻にかかる甘い声に、誤魔化したはずの熱が戻ってきた気がした。

以前までのオレなら、女性の甘い声を聞いたところで嫌悪しか覚えなかっただろうに、それが好きな相手となると分かりやすく身体が反応するのだから困ったものだ。

だが、そうなる相手と巡り会えたことはとても幸運だと思っているし、要らないと思っていた子も、きっとそのうちできるだろう。

エリザとの子なら欲しいと思うし、彼女も望んでくれているから。

——ああ、可愛い。今すぐ、全てを暴きたい。

邪魔な服を取り払い、熱い肌を堪能したい。

「っ……！」

際限なく襲い来る煩悩を振り払うため、惜しみつつも彼女の身体を離す。

まだ甘い雰囲気を漂わせるエリザ。彼女を見ていると、また変な気を起こしそうになってしまう。

ぼうっとした彼女の目を覚まさせるにはどうすればいいか。

少し考え、これまで彼女には秘密にしてきたことを言おうと決めた。

「エリザ」

「？　何？」

舌足らずな声で返事をしてくるエリザは非常に扇情的だ。どうにも引き込まれそうになるのを堪え、彼女に言った。

「お前、オレの小説の挿絵を描いている絵師を知っているか？」

パチパチとエリザが目を瞬かせる。甘い雰囲気が霧散した。

思った通りだ。オレの小説関連の話になると、彼女はファンとしての顔の方が強くなる。

まあ、その顔も好きなのだけれど。

エリザが最も推しているのはオレ。その事実はいつだってオレを熱く高揚させる。

答えを求めるように彼女を見ると、エリザは首を傾げながらも口を開いた。

「突然、何？　もちろん知っているけど。あなたの小説って、シリーズものとか関係なく、いつも同じ方が描いているじゃない。妹がファンなのよね。どうしてあなたの作品にしか描かないんだろう、もっと見たいのにって、いつも言っているわ」

「名前は？」

「え、モーリ・リトでしょ」

それが何かと怪訝な顔をする彼女に、とっておきの秘密を告げた。

「――実はここだけの話、オレのペンネームは、自分の名前を逆さにしていくつかピックアップした文字でできている」

「？　そう、なの？」

どうして絵師の話からオレのペンネームの話になったのか分からないという顔をしつつも、エリザが頷く。

「エミリオ・リザーモンド。リザーモンドから、ドモリをとり、エミリオからオリエを取った。だからドモリ・オリエだ」

「へ、へえ……。何が由来なのかとは思っていたけど、本名からだったのね」

「ああ。それで、ここからが本題なのだが、それはモーリも同じでな」

「ん？」

あれ、という顔をする。

気づいただろうか。いや、さすがに説明しなければ分からないだろう。

「モーリ・リトは創作活動用のペンネームで、本名はヴィクトリ・リザーモンドという。オレと同じく後ろから文字を拾い上げて、モーリ・リト、だ。どうだ、驚いたか」

「……は？　はああああああ⁉」

たっぷり十秒は黙り込んだあと、悲鳴にも似た声が上がった。

エリザは目を見開き、オレの襟元を掴み、思い切り揺さぶる。

「ヴィクトリ・リザーモンドって、あなたのお兄様の名前じゃない！　うちの第一王子の名前‼」

思った通りの反応に笑いが込み上げる。

「ああ、その通りだな」

「その通りだな、じゃないでしょ。え、嘘。まさかのヴィクトリ殿下があのイラストを描いていらっしゃったの？　兄弟でこっそり創作活動をしていたの？　嘘でしょ⁉」

「信じたくない気持ちは分かるが、事実だ」

「嘘ぉー……」

襟から手を放し、己の頭を両手で抱えるエリザ。

気持ちは分かる。

何せオレも初めて知った時は、呆然としたから。

どうして兄が、オレが創作活動をしていることを知ったのかは分からない。

何せ、処女作から兄がイラストを手がけているのだ。

兄からそれをバラされたのは、三作目を書いていた時。

いきなり呼び出されるから何事かと思えば、兄はオレの書いた本を取り出し、にっこりと笑って言ったのだ。

「実はね、私がモーリ・リトなんだ。いつもお世話になっています」

「……はあ⁉」

「あ、やっぱり気づいていなかったね。ふふ、でも嬉しいよ。お前にこんな才能があったなんて知らなかった」

悪戯《いたずら》が成功したかのような顔で告げた兄を穴が空くほど見つめた。

本当にあの兄は、温厚そうな見た目と喋り方からは想像もつかないほどイイ性格をしている。

完全にオレを出し抜いた兄は満足そうにしていたが、何をしようが、結局兄に把握されているのかと虚無感に襲われたのは記憶に新しい。

あの時は、本気で筆を折ってやろうかと考えた。

そうならなかったのは、兄が「お前と一緒に本が出せるなんて嬉しいね。まさかこんなことが自分にできるとは思わなかったから望外の喜びだよ」なんて気の抜けることを言ったのと、エリザからの初のファンレターのお陰だ。

とはいえ、兄にイラストを描いてもらっていたという事実はショックだったし、できれば別の絵師に変えてもらいたかったのだが、それは上手く行かなかった。

とても残念なことに兄の絵は上手いのだ。

あの兄は、できないことを探すのが難しいくらい、全てにおいて才能がある、とても稀有《けう》な存在。

イラストも同様で、非常に人を引きつける魅力的なものを出してくる。

オレもモーリ・リトのことは気に入っていて、自作に合っていると思っていたし、これまではなんの不満もなかったのだけれど。

いいや、このままでは駄目だと一念発起し、なんとか編集部に連絡を取ってみたが「イラストの魅力で売れている面も無視できないから、変更は難しい」と返答が来て、諦めた。

なんだか完全に兄にやり込められた気がして、あまり気分はよくなかったし面白くもなかったけれど、今でもオレの挿絵はモーリ・リトが担当していると言えば、それが答えになるだろう。

昔のことを思い出していると、ようやくショックから立ち直ったのか、頭を抱えていたエリザが顔を上げた。

そうして、今気づいたかのように言う。

「えっ……今をときめく人気小説家が第二王子のエミリオで、その専属絵師がヴィクトリ殿下ってこと？」

「そうだな」

「嘘でしょ、世の中どうなってるの⁉」

全くだと思いながら、淡々と告げる。

「事実は小説よりも奇なりという言葉がある。まさにその通りだな」

「冷静に言わないで⁉　ええ？　じゃあ、モーリ・リトがあなたの小説のイラスト以外受けないのって、別にパン屋の下働きが忙しいからじゃなくて……」

「パン屋の下働き？」

何故そこでパン屋の下働きなどという言葉が出てくるのか。

怪訝な顔をすると「あっ、忘れて！」と慌ててエリザは己の口を噤んだ。

「いや、さすがに忘れろは無理がないか？　パン屋の下働きとはどういう意味だ？　一応言っておくが、兄上がパン屋で下働きをしたことなど一度もないぞ？」

「そんなの分かってるって！　妹が勝手に妄想している設定ってだけだから！」

「はあ？」

エリザが泣きそうになりながらも説明する。

モーリ・リトについての妄想を膨らませた結果、何故か『パン屋の下働き』をしている一般庶民という設定ができあがったと聞いて爆笑した。

「あ、兄上が……ぱ、パン屋の下働き……」

「あり得ないわよね！　知ってる！」

破れかぶれになり告げるエリザだが、いや、あの兄がパン屋の下働きとか面白すぎるだろう。

どこからその発想が出てきたのか、彼女の妹は作家に向いているのかもしれない。

オレはクックツと笑いながらも、エリザの言葉を訂正した。

「兄上がオレのイラスト以外の仕事を受けない理由は、単純に王太子業が忙しすぎるからだな。オレの小説の挿絵だけで手一杯というか、普通ならそれもできる暇はないと思うから、兄上は本当に有能な方だなと思う」

「そ、そうよね。王太子なんだものね……」

気まずそうに頷くエリザ。

しかし、モーリ・リトが兄だという事実は、彼女にずいぶんと衝撃を与えたようだ。頭を抱え「ケイティーには絶対に言えない」と呻いている。その様子に興味を引かれ、尋ねてみた。

「お前の妹は、そんなに兄上の絵が好きなのか？」

「私があなたの話に狂っているのと同等以上に、モーリ・リト先生の絵にのめり込んでいるわ。でもそれを描いたのはヴィクトリ殿下……。妹の期待する正体からは斜め四十五度くらい上ね。やっぱり絶対に言わないでおくわ」

「別に言っても構わないぞ。お前の妹なら秘密を守ることができるだろう？」

秘密の共有相手はいた方がいい。そう思って許可を出してみたが、エリザは真顔で首を横に振った。

「言わない、言わない。こういうのって知らない方が幸せってあるの。妹、絶対に知りたくないと思うから。いつまでもパン屋の下働きをしてるって思ってもらっておくことにするわ」

「……それはそれで複雑だな」

「まあ……私は正体を知っちゃったからね。これからケイティーから話を聞くたびに『パン屋の下働きじゃなくて王太子なんだよなあ』って思わなくちゃいけない事実に愕然としているわ」

「実に気の毒な話だ」

「あなたが言い出さなければ、こんな苦労はなかったんだけどね？」

そう言われても仕方ない。

どうせいつかはバレる……というか言おうと思っていたから、遅いか早いかだけの違いだと思うし。

エリザはオレの妻なのだ。秘密にしなければならないことなど何もない。

そう言うと、真顔で反論が返ってきた。

「あのね、私も今だから知ってよかったと思えるけど、あなたに恋愛感情を持つ前は、むしろ正体なんて知りたくなかったっていうのが本音だったんだからね？　気づいてしまった時は本当にショックだったんだから」

「そういうものか？　ファンなのだから嬉しいと思うのでは？」

首を傾げるも、エリザは「違うの」と否定する。

「私も妹も、推しに対する考え方が似ているのよ。たっぷり稼いでもらって、健やかに生きて欲しい。私たちの応援で、推しが遠くで、知らないところで元気に暮らしていると思えるのが一番幸せなの。それが王城にいる第一王子と第二王子とか、ある意味、ものすごく近くにいるし……」

ははっと乾いた笑いを零すエリザ。

「応援なんかしなくても、王族なら絶対に私たちより贅沢に暮らしているじゃない」

「まあ、そうだな」

「もちろん推しは推しで、王子であったからって変わるものじゃない。正体が誰であっても応援し続けるけど、きっと妹はパン屋の下働きって思っている方が幸せだと思うから、やっぱり言うのは止めておくわ。夢を見られるって大切なことだもの」

悩みはしたようだが、結局エリザはそう結論づけた。

彼女が決めたのならそれでいい。

だが絵師の正体は彼女にとって大分ショックだったようで、その後目的地に着くまでの間、ずっと「モーリ・リトの正体がヴィクトリ殿下……」と何度も繰り返していた。

甘い雰囲気を壊すことには成功したが、やりすぎてしまっただろうか。

とりあえずなんとなく彼女を抱き寄せ、頭を撫でて慰めてみたが「誰のせいで」と睨まれたので、多分失敗したのだと思う。

だけど、ちょっと涙目になったエリザはとても可愛かったので、オレ的には悪くなかった。

「わ、久しぶり……！」

小一時間ほど馬車に揺られ、目的地である牧場に辿り着いた。馬車から降りる。そこには前回と同じく施設の管理者であるハクノが待っていた。

貴族であるにもかかわらず、まるで農民のような格好をしている。

何度も着ているのが分かるくたびれた長袖のシャツに、大きめのオーバーオールという姿だ。

牛の世話をするのに、派手な上着やクラヴァットは邪魔だというのは分かるし、今更だからとがめはしないが、もう少し取り繕ってもいいのではないだろうか。

呆れつつも、これがハクノという男だと知っているので何も言わない。ハクノも許されているのが分かっているから、普段の格好のまま出てきたのだろう。

ハクノが笑顔でオレたちに頭を下げる。

「殿下、お待ちしておりました」

「ああ、無理を言ってすまなかったな」

「いえいえ、こちらも助かりましたので」

それは確かにそうかもしれない。

実は、今日のこれは視察ではないのだ。

ちょっとしたサプライズのため、嘘を吐かせてもらっている。

「ハクノ、案内してくれ」

「はい。エリザ王子妃もこちらへ」

ハクノの案内で、管理棟の中を進んでいく。

エリザは大人しくオレたちの後ろをついてきた。その彼女が、ハクノが突き当たりにある部屋の扉を開けた途端、歓声を上げる。

「っ！　可愛いっ！」

中にいたのは四匹の子猫だった。黒いのが三匹に、キジトラっぽい模様があるものが一匹。母猫と思われる猫にわちゃわちゃと群がっている。

エリザを見れば、思った通り彼女は目を輝かせていた。

「どうして子猫が⁉」

その疑問にはハクノが答えた。

「エリザ王子妃は、私が猫を飼っていることをご存じで？」

「え、ええ、あのお母さん猫よね？」

「はい。彼女が三ヶ月前に子を産んだのです。いつの間にか妊娠していて、気づいた時には臨月でした」

「猫って産まれるまで早いって聞くものね。でも大変だったでしょ。四匹もだなんて」

「最初は六匹でした」

「六匹⁉」

驚きの顔でエリザがハクノを見る。その顔がみるみるうちに青ざめていった。

「も、もしかしてだけど……あと二匹って……」

亡くなってしまったのではないか。

子猫が育つのは難しい。彼女もそれを知っていたのだろう。顔が悲しげに歪んでいたのだが——。

「あ、先週貰われていきました」

ハクノの暢気な声に、ホッとしたように胸を撫で下ろしていた。

「そ、そう。それならよかったけど」

「さすがに六匹も面倒を見きれませんから。信頼できる人たちに声をかけてお譲りしているんです」

「へえ……あ……って、もしかして？」

気がついたのか、エリザがオレを見る。それに答えるように頷いた。

「ああ。ハクノに話を持ちかけられた時に、一匹譲ってくれるように頼んだ。お前が猫好きだということはすでに知っていることだし、嫌がらないと踏んだのだが、どうだ？」

先に相談するべきか少し悩んだが、驚かせたい気持ちが勝った。

それに彼女が実家で猫を飼っていたという話は、以前聞いていた。

断るはずがないと思い、譲渡となる今日まで全てを秘密にして連れてきたのだけれど、それは正解だったようだ。

彼女の顔がパアッと喜びに輝いていく。

ああ、可愛らしい。その顔が見たかったのだ。

「嫌がるなんて、まさか！　最高のプレゼントをありがとう！　すごく嬉しい！」

嬉しさのあまりか、その場でぴょんぴょんと跳びはね始めた。

オレにとっては子猫よりも可愛い笑顔に、心が甘く満たされていく。

「うちでも猫を飼えるのね！　嬉しい！」

「好きな子を選んでいただいて構いませんよ」

喜ぶエリザに、ハクノがニコニコしながら告げる。

エリザは頷き、そっと猫たちの方へ近づいて行った。

「——こんにちは……って、わっ、皆、可愛い……」

子猫ならではの愛らしさに、エリザが悶絶《もんぜつ》する。

オレも側に行ってみたが、確かにどの子猫も可愛かった。子猫たちは警戒するようにこちらを見ていたが、親猫はリラックスしている。

飼い主であるハクノが連れてきた人間だからと信頼しているのだろう。

四匹の子猫たちはオレとエリザを見つめていたが、やがて小さな黒猫が一匹、母猫から離れ、エリザの方へとやってきた。

三匹いる黒猫の中でも一番小さい。両掌に乗るくらいのサイズ感だ。

「わっ、わっ、わっ……」

黒猫がスンスンとエリザの足下で匂いを嗅ぎ始める。エリザはその場に屈《かが》むと、白い手を差し出した。黒猫は素直にその匂いを嗅ぎ、ペロペロと一生懸命指を舐め始める。

小さな子猫の仕草に、エリザが喜びのあまり悲鳴を上げた。

「あああああ！　子猫が……子猫が……私の指を……！」

余程嬉しいのか、全身が震えている。

子猫は勇猛果敢にもエリザの手に登り、そのまま腕を駆け上がってきた。

もちろんそんなことをされたエリザが正気でいられるはずもなく、彼女は奇声を上げていた。

「はわわわ……！　肉球の感触、尊い……！」

ちょろちょろと自分を登る子猫に、すっかりエリザはやられたようだ。

その表情は情けないくらいに緩んでおり、えへえへとよく分からない笑い声が口からは漏れている。

オレはといえば、エリザと子猫というダブルパンチにやられていた。

可愛いと可愛いを掛け合わせると、ここまで暴力的な愛らしさになるのか。

可愛いの大渋滞に巻き込まれたオレは、なんとか平静を装いつつも、心の中で「こんなに可愛くてどうするんだ。誰かに誘拐されでもしたらどうする。いや、必ずやオレが守る」と固く決意していた。

子猫はエリザのことが気に入ったのか、最終的に彼女に抱っこされる形で収まった。

それでもじっとしていられないのか、手足を伸ばしたり、腹を出したり、自由気ままに振る舞っている。

エリザも嬉しそうに子猫に接していた。

……駄目だ。やはり可愛いがすぎる。

こんな可愛い生き物、屋敷の奥深くに仕舞い込んでおかなければ心配だ。

一連の様子を見ていたハクノがエリザに話しかけた。

「その子になさいますか？」

「え……？」

「ずいぶんとあなた様に懐いているようですから」

「……エミリオ」

エリザが窺うようにオレを見てくる。その顔も可愛い。

彼女に上目遣いで見られると、なんでも頷きたくなるから困るなと思いながら返事をした。

「ああ。お前の好きにするといい」

「っ！　じゃあこの子！　この子にするわ！　……お母さんから引き離してしまうけど……絶対に幸せにしてあげるからね」

申し訳なさそうに母猫を見るエリザだが、母猫の方はあまり気にしていないようだ。というか、分かっているようにも見える。

エリザを見た母猫が一声鳴く。

「にゃあ」

まるでエリザに対して、その子をよろしくと言っているようで、エリザも目を丸くしていたが、すぐに何度も頷いた。

「ええ、ええ！　任せて！」

己の腕の中でスピスピと眠り始めた子猫を大切に抱き締め、母猫に誓う。そうしてハクノに向かって言った。

「この子、お迎えさせてもらっても構わない？」

「はい、是非。末永く可愛がってやって下さい」

「約束するわ」

きっぱりと頷く。

結局、残り三匹を見ることもなくこの子猫に決めたようだが、彼女は満足そうだった。

「可愛い……あったかい……成猫になっても可愛いけど、子猫には子猫ならではの愛らしさがあるわよね。この小さい手足が堪らないわ。エミリオ、絶対に幸せにしてあげましょうね」

「なら、早速帰って、こいつを離れに迎えてやるか。女官たちに猫を飼うための一式を用意しておくように言ってあるから、買い物に立ち寄る必要はないぞ」

「！　そんな準備まで……というか、もしかしなくても今日の視察って嘘だったりする？」

ようやく気づいたのかエリザがハッとしたように言う。

「ああ。お前を驚かせてやろうと思ってな。嘘を吐いたのは悪かったが、こういう理由だから許してくれ」

「そんなの全然許すわよ……嬉しい……」

子猫の顎を擽りながらエリザが相好を崩す。

今日だけで、どれほどの笑顔を見せてくれているのか。

ドキドキしすぎて、寿命が十年ほど減った心地だ。いや、エリザを残して死ぬわけにはいかないから、絶対に長生きはするが。

希望は、エリザと同時に死ぬこと。彼女を看取るのも看取られるのも嫌だ。

共に生き、共に死にたい。

ハクノから子猫を運ぶ用にキャリーケースを貰い、礼を言ってから馬車に乗り込む。

さっさと帰って、子猫が寛げるようにしてやりたい。それはエリザも同様だったらしく、率先して馬車に乗り込んでいた。

馬車は走り出し、一路、城を目指す。

「……可愛い、可愛い、可愛い……」

馬車の中で、エリザはずっと子猫に夢中だった。キャリーケースの中を覗き込んでいる。

子猫は自分が置かれた現状が分かっていないようで、キャリーケースの中をくるくると走り回っては可愛い声で鳴いていた。

「にゃあ！」

「ああんっ、可愛いっ……！」

「……」

――面白くない。

先ほどからエリザは身悶えっぱなしだ。喜んでもらえたことは嬉しいし、子猫も可愛いとは思うが、夫であるオレを放置というのはどうなのか。

心が狭いのは分かっている。だが、エリザの興味が全くオレに向かないというのは納得しがたかった。

一生懸命キャリーケースの中を覗くエリザに話しかける。

「それで？　そいつの名前は決めたのか？」

猫の話題なら、こちらを向くだろう。それは正解だったようで、エリザは会話に食いついてきた。

「名前！　そうだ、名前をつけなきゃ！　この子、男の子？　それとも、女の子なの？」

「……ハクノは雄だと言っていたぞ」

「男の子なのね！」

エリザは少し悩む素振りを見せ、だけどもすぐにハッとしたように頷いた。

「トール！　この子はトールよ‼」

聞き覚えのありすぎる名前に目を見開く。

「おい、もしかしなくてもそれは——」

「『王子様は眠らない』のヒーロー、トール様からいただいた名前に決まってるでしょ！　トール、あなたもトール様のような素敵な殿方に成長してね」

「……いいのか、それで」

まさか自分のキャラの名前を子猫の名付けに使われるとは思わず驚いたが、もちろん嫌なわけではない。

まあ、エリザの心を摑んでいるトールに腹立たしさを感じなくもないが、自分の作り上げたキャラを気に入ってもらえること自体は嬉しいから。

とはいえ、一応、釘《くぎ》は刺しておかなければならないだろう。

オレが心中穏やかではないということを。

好きな女に放置されるのは楽しくない。

「トール、トール」と嬉しげに子猫を呼ぶエリザの頰を指で突く。完全に子猫に気がいっていたエリザは「きゃっ」という可愛らしい声を上げた。

「な、何？」

「なんの話？」

「いや、一応言うべきことは言っておかないといけないと思ってな」

キャリーケースの隙間に指を突っ込むエリザに、完全に子猫に負けているなと悔しく思いながらも口を開く。

「オレも猫は好きだし、そもそも飼おうと言い出したのはオレだが——あまりオレを放ってくれるなよ。悪いがオレは嫉妬深い。仕置きをするのも吝《やぶさ》かではないからな」

「えっ……!?　お、お仕置き？」

ギョッとしたようにエリザがオレを見る。

彼女の手からキャリーケースを取り上げ、自分の隣へ置いた。

エリザの目を見つめる。

「――具体的には今夜は覚悟しておけと言っている。明日の朝は起きられるといいな」

「えっ、えっ、嘘でしょ⁉」

途端、焦り出すエリザ。ようやく少しばかり溜飲《りゅういん》が下がった。

わざと意地悪く唇を吊り上げる。

「さて、どうだと思う?」

エリザは顔面蒼白となり慌てふためいたが、もう遅い。

今夜はじっくり可愛がってやろう。

二度とオレを放置したくないと思うくらいに。

「にゃあ！　にゃあ！　んなーん！」

「……おい」

ようやく機嫌が上昇したと思ったタイミングで、今度は子猫――いや、トールが自分を構えとばかりに鳴き出した。

全く、どうやら我が家の愛猫は、甘い雰囲気にも浸らせてはくれないらしい。

エリザが急いでトールの機嫌を取り始める。

また妻を取られてしまったと嘆きはしたが、今度はそこまで嫌な気持ちにはならなかった。

夜の約束を取りつけることができたからだろうか。

少しは余裕を持って、トールに向かうことができそうだった。

「トール、トール、大丈夫だから」

エリザの猫撫で声を聞きながら、車窓から景色を眺める。

賑やかなのも、悪くない。


馬車は走る。

オレたちが住む離れに向かって。

今日からはそこに一匹、家族が増えるのだ。

そして多分、そう遠くないうちにもうひとり。

今度はエリザの腹の中に新しい命が芽生える、いや芽生えさせてみせるとそう決めた。

あとがき

こんにちは。月神《つきがみ》サキです。

推し活女子の話、楽しく書かせていただきました。

今回は「そういえば、今まで一度も契約結婚ものを書いていないな」と思ったところから書き始めたのですが、契約結婚色よりも推し活色の方が強い話になりました。

推し活……いいですよね。

私はとあるキャラクターに二十年くらい嵌まっているのですが、グッズがすごいことになっています。

この間もそのキャラクターの二十周年記念イベントへ行ったのですけど、あっという間に諭吉が何枚も飛んでいきました。たぶん、値段を見ずに勢いだけでグッズをかごに突っ込んでいったのが敗因です。でも、減らせなかったんだ……。

今度は、コラボカフェに行くつもりです（反省していない）。

推しって怖いですよね。

今作を書く時も、推しキャラに狂っている自分を参考にしました。

とはいえ、一番笑いながら書いたのは、『パン屋ネタ』ですが。

パン屋の下働きをしている王太子殿下……。くっ、駄目だ。字面が強すぎてすでに面白い。

今回のイラストレーター様は、『逆行悪役令嬢』でお世話になった鈴ノ助《すずのすけ》先生です。同じ先生に担当いただくということで、タイトルは『要りません！』と揃えました。カバーがラブラブ感溢れる素敵な構図で、とっても可愛いです。エミリオの表情とか最高ですよね。ちょっと困った顔をしたエリザも最高。ずっとニマニマしながら眺めています。

鈴ノ助先生、お忙しい中、素晴らしいイラストをありがとうございました！


さて、次回作ですが、乙女ゲーものを書きました。

主人公は悪役令嬢ではなく、ヒロインちゃんです。

前世を思い出した時には推しはすでに悪役令嬢に攻略されていて⁉　から始まる物語となっていますので、是非お手に取って下さいね。

原稿はすでにできているので、そうお待たせすることなくお目見えできると思います。

ではでは、また次回。

お買い上げありがとうございました！

月神サキ

契約結婚した途端夫が甘々になりましたが、推し活がしたいので要りません！

著者　月神サキ　© SAKI TSUKIGAMI

2023年11月5日　初版発行

発行人　藤居幸嗣

発行所　株式会社Ｊパブリッシング
〒102-0073　東京都千代田区九段北3-2-5 5F
TEL 03-3288-7907　FAX 03-3288-7880

製版所　株式会社サンシン企画

印刷所　中央精版印刷株式会社

ISBN：978-4-86669-619-5
Printed in JAPAN